NOTICE ILLUSTRÉE

SUR LES

ÉTABLISSEMENTS THERMAUX

DE

LAMALOU-LE-HAUT

(Thermes Romains)

ET DE

LAMALOU-LE-CENTRE

Histoire. — Topographie. — Climatologie. — Principales sources. — Action thérapeutique des eaux. — Maladies diverses auxquelles elles s'appliquent. — Promenades, excursions. — Renseignements utiles, etc., etc.

Par V.-G. FABRE

Montpellier,

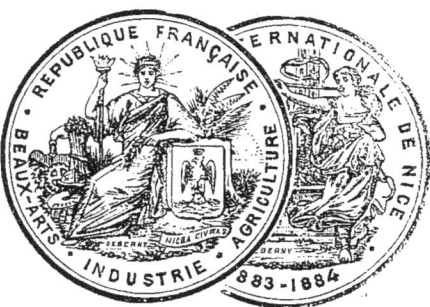

MÉDAILLE D'OR

Montpellier

Toulouse

TOULOUSE

IMPRIMERIE SAINT-CYPRIEN

27, Allée de Garonne, 27

—

1885

ÉTABLISSEMENT THERMAL

DE LAMALOU-LE-HAUT

(Thermes Romains)

GRAND HOTEL DE L'ÉTABLISSEMENT ATTENANT AUX THERMES

GRANDS ET PETITS APPARTEMENTS
Table d'hôte — Service particulier

BELLES PROMENADES, VASTES PARCS

VOITURES PARTICULIÈRES, OMNIBUS
Tramways à tous les trains

SIX SOURCES A 34°, TEMPÉRÉES ET FROIDES

EXPÉDITION D'EAUX MINÉRALES

Les lettres doivent être adressées : à M. le DIRECTEUR de Établissement thermal de Lamalou-le-Haut, près Bédarieux (Hérault)

NOTICE ILLUSTRÉE

SUR LES

ÉTABLISSEMENTS THERMAUX

DE

LAMALOU-LE-HAUT

(Thermes romains)

ET DE

LAMALOU-LE-CENTRE

PAR

V.-G. FABRE

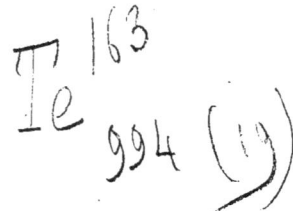

Pour tous renseignements, concernant la station thermale

DE

LAMALOU-LE-HAUT

(Thermes Romains)

Près BÉDARIEUX (Hérault)

S'adresser au propriétaire de l'Établissement.

POUR TOUS RENSEIGNEMENTS

SUR

LAMALOU-LE-CENTRE

S'adresser au Directeur de l'Établissement de Lamalou-le-Centre.

Adresses télégraphiques : Propriétaire de Lamalou-le-Haut.
Directeur de Lamalou-le-Centre.

NOTICE ILLUSTRÉE

SUR LES

ÉTABLISSEMENTS THERMAUX

DE

LAMALOU-LE-HAUT

(Thermes Romains)

ET DE

LAMALOU-LE-CENTRE

Histoire. — Topographie. — Climatologie. — Principales sources. — Action thérapeutique des eaux. — Maladies diverses auxquelles elles s'appliquent. — Promenades, excursions. — Renseignements utiles, etc., etc.

Par V.-G. FABRE

TOULOUSE

IMPRIMERIE SAINT-CYPRIEN

27, Allée de Garonne, 27

1884

GROUPE DES SOURCES
DE
LAMALOU-LE-HAUT

Source naturellement chaude, ou source François. — Sources tempérée, Carrière, Gesta (piscine romaine), de la Mine, du Petit-Vichy, de Moïse, etc., etc.

GROUPE DES SOURCES
DE
LAMALOU-LE-CENTRE

Sources Bourges, Marie, Victor ; source d'eau potable, source froide, etc., etc.

Déclarées d'intérêt public, par décret du 20 août 1865 et 18 novembre 1868, avec périmètres de protection.

1. Mont Caroux. — 2. Vieux Lamalou. — 3. Villecelle. — 4. Grand Établissement de Lamalou-le-Haut. — 5. Établissement de Lamalou-le-Centre. — 6. Passage de César. — 7. Piscine romaine. — 8. Ruisseau de Lamalou, pont du Petit-Vichy. — 9. Casino, concerts du Petit-Paris. — 10. Promenade et Fontaine du Petit-Vichy.

AVANT-PROPOS

 es transformations importantes qui ont successivement amené la notoriété toujours croissante de la Station thermale de Lamalou-les-Bains : ses agrandissements obligés, font que les baigneurs trouvent bien insuffisantes les indications des diverses Notices ou des Guides publiés, même dans ces dernières années.

C'est pourquoi nous avons cru utile de réunir, d'abord tout ce qui a été dit par nos devanciers, et, en second lieu, de montrer Lamalou sous son aspect nouveau.

Nous avons eu soin de choisir entre les appréciations, celles qui s'écartant de toute idée de partialité sont nécessairement les plus justes.

 a réputation des sources de Lamalou n'est plus à faire aujourd'hui : aussi, n'est-ce point pour l'établir que nous nous sommes étendu, un peu plus qu'une Notice semblerait le permettre, sur la composition chimique de leurs eaux, sur leur action thérapeutique, sur les nombreux cas de maladie qu'elles combattent victorieusement.

Nous avons pensé être ainsi plus utiles aux malades.

Nous nous sommes aidé des travaux non seulement des auteurs éminents qui ont traité des eaux minérales, mais plus particulièrement de ceux des savants spécialistes, Inspecteurs ou Médecins consultants de notre belle station thermale: leur impartialité reconnue donne grand poids à leurs opinions.

Les analyses chimiques de toutes les sources utilisées en bains ou en boissons ont été faites par les chimistes les plus autorisés de nos premières Facultés de France, entr'autres par M. Ossian-Henry, chimiste à l'Académie de médecine ; M. Moitessier, professeur à la Faculté de Montpellier; M. Béchamp, professeur de chimie à la Faculté de Lille ; M. Willm, de la Faculté de Paris ; M. Filhol, de la Faculté de Toulouse.

Citer ces noms, c'est faire accepter sans réserve, par le corps médical tout entier, l'exactitude d'analyses qui sont d'ailleurs d'une concordance à peu près parfaite. C'est surtout pour les malades la meilleure des garanties.

 ous n'avons pas la prétention d'exposer dans ce court opuscule des théories ; nous emploierons, le moins possible, les termes techniques afin de mieux rester à la portée de tous. Nous nous étendrons seulement sur les nombreux cas de guérison obtenus à Lamalou-le-Haut et à Lamalou-le-Centre, dans les divers genres d'affections qui ne résistent pas à l'action bienfaisante de leurs sources.

A ceux que l'attrait d'un climat exceptionnellement tempéré conduit à Lamalou, nous offrons la description des sites charmants qui l'entourent et tous les renseignements pour un séjour qu'ils seront heureux d'y prolonger.

V.-G. Fabre.

CHAPITRE PREMIER

LAMALOU-LE-HAUT

(THERMES ROMAINS)

es eaux minérales et thermales qui constituent la station de Lamalou-le-Haut naissent dans la partie la plus élevée et la plus ombragée d'un joli vallon, situé à quelques kilomètres à l'ouest de la ville de Bédarieux, dans le département de l'Hérault.

Depuis des siècles, leur effet merveilleux était bien connu par les habitants de cette région, et le nom que leur reconnaissance lui ont donné, que les cures multipliées qui se répètent tous les jours ont maintenu et consacré, le prouve surabondamment. « *La Malou* » disait dans le langage naïf et précis de nos Pères que, sous l'influence bienfaisante de ses sources, la douleur disparaissait comme par enchantement.

Bien avant que les savants médecins et chimistes aient constaté et scientifiquement établi la vertu thérapeutique de ses eaux, avant qu'au XVIIe siècle, ainsi que le dit la légende, un paysan guéri d'atroces douleurs persistantes, pour s'être plongé dans l'eau d'une des sources, ait réveillé l'attention des gens du pays et appelé des imitateurs, Lamalou avait eu, si non sa réputation méritée, du moins un titre qui établissait sa valeur et devait, tôt ou tard, le tirer de l'oubli, comme le talisman enseveli d'une fortune d'autrefois, voulant renaître dans l'intérêt des infirmes.

es Romains, avec le génie militaire et colonisateur qui en a fait les maîtres du monde, ne négligeaient, lorsqu'ils traversaient un pays, aucune de ses positions stratégiques d'abord, et ensuite aucune des richesses qu'il pouvait livrer après la conquête,

Les vestiges de voie romaine existant encore à Saint-Gervais, prouvent le passage ; le camp de Plo-des-Brus, admirablement situé pour défendre la route de Saint-Gervais à Castres et à Alby, prouve le séjour, au moins momentané, des légions

Passage de César.

romaines conduites par César ou par l'un de ses lieutenants.

L'absence de tout reste de construction ne permet pas de supposer qu'aux alentours de Lamalou, les Romains aient créé un établissement tant soit peu important et durable. Ils avaient choisi le plateau des bruyères comme camp volant et de repos dans leurs allées et venues, réservant pour plus tard les autres avantages qu'ils pouvaient retirer de la possession tranquille de ce beau pays (1).

Toutefois, vu leur degré de civilisation avancée, ils n'ignoraient pas les propriétés thérapeutiques des eaux minérales, et les sources abon-

---

(1) Les vestiges nombreux de voie romaine existent sur le tracé de l'ancienne route muletière, qui du Poujol s'élevait jusque sur le plateau de l'Espinouse, en passant par la Carral, le Logis–Neuf, Rosis, le cabaret de Douch, le col de l'Ourtigas où l'on voit le rocher taillé pour donner passage à cette voie, en contournant ensuite le *Plo-de-Bru*, et longeant *l'Oppidum* dont on admire la courbe allongée, bien dessinée par les débris des remparts écroulés, position choisie merveilleusement pour défendre le débouché du *Pas-de-la-Lauze*, qui était alors le seul passage pour s'élever sur le plateau, et de là redescendre par Lacaune, Roque-Césaire (la roche de César, où un nouveau poste de défense était situé) vers Albi et Toulouse; c'est sur ce tracé que l'on peut suivre les débris de cette antique voie militaire, qui constituait le plus court chemin pour aller de Béziers à Toulouse.

L'Oppidum du Plo-de-Bru, loin d'être une installation momentanée, constituait un système permanent de défense pour cette importante ligne de communication entre le haut et le bas Languedoc, et par suite un instrument assuré de domination des contrées qu'elle traversait.

Les noms de camp de César, Roque-Césaire, indiquent que les soldats du César romain, de l'empereur, protégeaient ces points stratégiques si bien choisis, et y maintenaient la puissance romaine.

Un autre point d'occupation militaire romaine de nos pays, est certainement signalé par des traces bien reconnaissables; c'est le plateau sur lequel s'élève aujourd'hui l'antique chapelle de *Capimont*, le nom indique déjà son origine.

On peut y voir les restes d'anciennes citernes, dont l'origine romaine est incontestable; et en remarquant combien ce plateau élevé au sommet d'un rocher d'accès difficile, et dont la défense devait être aisée, dominant la riche vallée de l'Orb sur une grande étendue, était bien situé pour commander la voie militaire qui passait à ses pieds, on n'est point étonné que les conquérants y aient établi une de ces nombreuses forteresses, instrument assuré de leur domination.

dantes de Lamalou, avec leur thermalité élevée et leur minéralisation, ne pouvaient échapper à leur prévoyante attention.

ussi, négligeant de laisser des traces d'une occupation militaire, ils tinrent seulement à établir une prise de possession.

De leurs mains puissantes, auxquelles nous devons les thermes anciens et ces autres monuments indestructibles qui sont des vestiges certains de leur séjour, ils construisirent, au lieu même où jaillissaient de terre les précieuses sources, auxquelles le futur Lamalou devrait plus tard sa fortune et son grand renom, une piscine récemment retrouvée au cours des importants travaux par lesquels M. Victor Gesta, son nouveau propriétaire, a transformé Lamalou-le-Haut.

Cette piscine, dans un remarquable état de conservation, est un bassin circulaire large de 3 mètres 80 et ayant 1 mètre 80 de profondeur ; son pourtour est formé de fortes assises de pierre, soutenues par des masses coulées de ce ciment dont les Romains étaient seuls à posséder le secret et qui, aujourd'hui encore, a conservé la dureté du granit.

Pour fond de la piscine, le sol lui-même, d'où émerge la source thermale chaude, tout auprès, la source ferrugineuse froide.

Ce trésor archéologique est à très peu près unique dans son genre et pour cette raison doublement précieux.

Une merveille naturelle l'accompagne : attenant à la piscine, se trouve une grotte spacieuse creusée dans le roc ; ses parois tapissées de rocailles ouvragées ; sa voûte aux stalactites gracieuses en feraient une œuvre d'art si elle n'était mieux encore une de ces fantaisies de la nature que l'art ne saurait reproduire.

Pour achever la description sommaire de ces deux reliques balnéaires des vieux Romains, ajoutons que les siècles les ont enchâssées d'une façon digne. Les mousses, une luxuriante verdure, des arbustes variés revêtent partout les accidents du rocher au-dessus duquel les rameaux d'un grand chêne s'étendent en parasol.

Enfin, au pied de la piscine, c'est l'onde du ruisseau qui forme tapis ou plutôt un clair miroir où se reproduit comme une photographie de la grotte.

Rien ne manque à cet ensemble pour en faire, sinon une véritable station thermale complète, vu ses proportions réduites, du moins une curieuse reproduction des bains privés qui se trouvaient sous César dans presque toutes les maisons des particuliers aisés.

Lamalou-le-Haut (Piscine romaine).

Chez les Romains, l'appartement des bains était situé dans la partie la plus reculée de la maison; il était presque invariablement composé d'une cour entourée de portiques sur trois de ses faces, et sur la quatrième, se trouvait un bassin servant à prendre le bain en commun : parfois, on y descendait par des degrés ; le pourtour supérieur, garni de gradins, permettait à ceux qui assistaient au bain sans y prendre part, de s'asseoir et de se livrer avec les baigneurs à de longues dissertations. Ces derniers, debout ou assis sur des sièges mobiles élevés, allaient et venaient suivant les nécessités de la discussion. Cette disposition s'appelait *Schola.*

Nous la retrouvons à très peu près identique dans le petit monument de Lamalou-le-Haut. Mieux que la cour avec portiques couverts de l'habitation romaine, la grotte avec sa pittoresque décoration naturelle servait de promenoir et de vestiaire (apodyptère).

La source chaude qui émerge encore du fond du bassin ou piscine, sans le secours d'appareils encombrants formait le *tepidarium* ou bain chaud; les parois de la piscine, larges et fortes pierres de taille superposées remplaçaient les gradins de la *Schola.* Pour s'accoutumer à l'air extérieur, on avait la grotte rafraîchie par une source ferrugineuse, et, presque à l'entrée, un vert tapis d'herbe et de mousse conduisait au ruisseau dont les eaux claires et limpides complètent par le *frigidarium,* ou bain froid, les éléments essentiels et jusqu'aux accessoires des thermes romains.

Cette découverte précieuse donne le titre certain de son origine à Lamalou-le-Haut, qui doit y trouver motif à légitime orgueil, car ainsi que l'a dit récemment un sympathique écrivain :

« Prouver l'antiquité de notre station thermale, c'est lui donner « des lettres de vieille et authentique noblesse, c'est ajouter un « nouveau fleuron à sa couronne, c'est la placer d'emblée au rang « des grandes stations hydrologiques, dont les effets thérapeutiques « ont été connus et mis à l'épreuve par les conquérants et les civili- « sateurs de notre pays. »

Nous ne saurions mieux conclure.

CHAPITRE II

TOPOGRAPHIE

a station thermale de Lamalou est une des plus riches de France en éléments thérapeutiques.

Si la vertu de ses eaux reste la cause principale de son renom, il est juste de dire qu'elle a un adjuvant précieux dans la beauté de son site qui ne le cède en rien à ceux tant vantés de la Suisse.

Aussi la science se voit-elle obligée de faire pour lui une flatteuse exception ; après la longue nomenclature des maladies qui trouvent dans ses sources nombreuses et variées un remède presque toujours certain, elle a dû adoucir son langage et recommander aux malades l'attrayante beauté de ce vallon, la pureté de l'air qu'on y respire et la douceur exceptionnelle de son ciel.

La station thermale de Lamalou-les-Bains est située dans le département de l'Hérault, à une très petite distance de Bédarieux. Le vallon qui l'entoure, à peine long de sept kilomètres, prend naissance sur les versants du Mont Caroux et vient finir sur les bords de la charmante rivière d'Orb, formant dans toute sa longueur le lit du petit torrent de Lamalou qui, du nord-est au sud-ouest, vient se jeter dans l'Orb.

Les bords de ce ruisseau sont ombragés de saules, de hautes futaies, de peupliers ; de vertes prairies les entourent, dominées elles-mêmes par des collines cultivées avec soin, émaillées de vignes et de jardins ; au-dessus, les premiers contreforts des montagnes montrent leurs beaux rochers que des taillis de châtaigners enchassent et au milieu desquels, ombragés par de grands arbres, sont

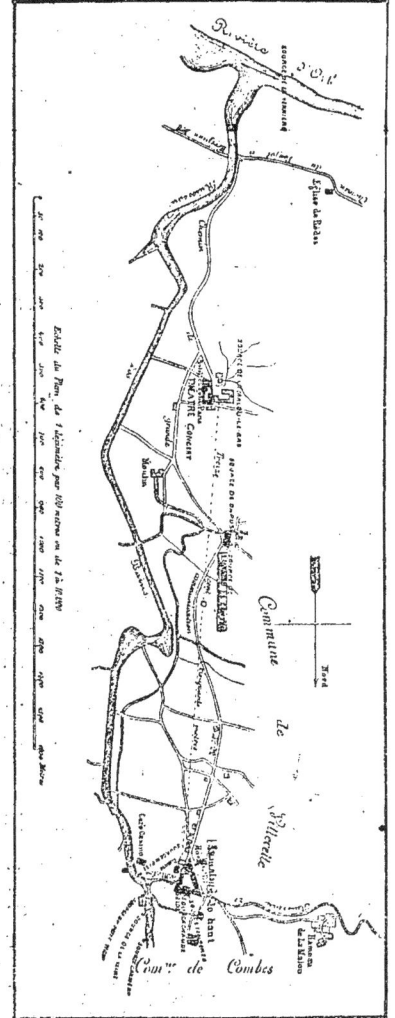

disséminés des hameaux : au nord, ceux des Arcs, du Vieux-Lamalou et de la Billière, de l'Horte et du Cros ; au nord-est, Bardejean ; au nord-ouest, le charmant village de Villecelle, le Fraïsse, Combes ; à l'est, le sanctuaire de Capimont ; au sud, la Vernière et sa fontaine, les Aires, l'ermitage de Saint-Michel, etc., viennent compléter le pittoresque de l'ensemble.

Le vallon se trouve compris entre les terrains jurassiques des environs de Bédarieux, les granites de Saint-Gervais, les schistes du Poujol ; enfin il est traversé par de nombreux filons aquifères, circonstances qui expliquent l'abondance et la richesse de ses eaux (1).

Il donne naissance à une série de sources à diverses hauteurs, dans un court trajet de trois kilomètres environ.

A un kilomètre à peu près de l'entrée du chemin de grande communication de la route à Lamalou-le-Haut, se trouvent, au pied d'un versant décharné nommé l'Usclade, plusieurs maisons et un grand bâtiment en forme

---

(1) Il a paru intéressant de rechercher l'origine des sources de Lamalou-le-Haut : MM. Elie de Beaumont et Dufrenoy l'indiquent dans leur explication de la carte géologique de France.

Le mont Caroux, qui élève si majestueusement son plateau à 1,092 mètres au-dessus du niveau de la mer, se trouve être une des branches de la Montagne

de parâllélogramme. C'est là que coule la source de Lamalou-le-Bas. A deux cents mètres à peu près, les sources Bourges, Marie et la source Victor, alimentent les bains et piscines du bel Etablissement de Lamalou-le-Centre.

La buvette Capus coule aux portes de cette station.

Noire et en forme pour ainsi dire l'extrémité orientale ; il s'unit par une suite quelquefois interrompue de crêtes et de plateaux granitiques et gneissiques,

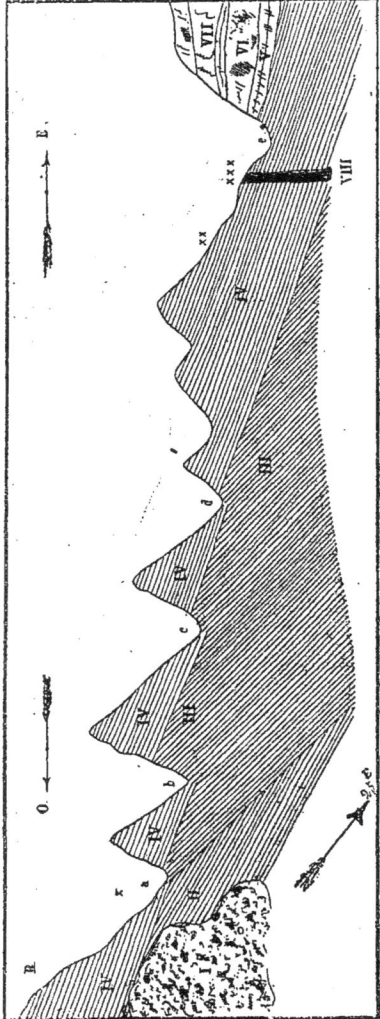

aux monts de l'Espinouse et du Sommail, aux pics Montahut (1,063 m.), Megilhou (928 m.), La Salvetat (702 m.), et aux hauteurs des monts Nore (1,256 m.), Montalet (1,209 m.) et Saint-Pons (1,035 m.), lesquels forment une chaîne de montagnes au S. du plateau central de la France, dont la ligne de faîte s'élève considérablement au-dessus des vallées et des monts que ces soulèvements ont vu naître.

« La direction générale de cette ligne de « faîte, disent MM. Elie de Beaumont et « Dufrenoy est E. 22°, N. à O. 22° S. Elle se « rapproche beaucoup de la direction qu'af- « fectent les couches schisteuses de cette « chaîne, laquelle est comprise entre E. 20°, « N. à O. 20°, S. et E. 40°, N. à O. 40° S. « Cette orientation est la même que celle du « terrain cambrien auquel le terrain de « transition de la Montagne Noire nous « paraît appartenir.

« Il est dès lors probable que cette chaîne « a été formée à cette époque. Cette suppo- « sition est confirmée par l'observation que « les roches anciennes de cette partie de la « France ne pénètrent pas dans les forma- « tions secondaires déposées sur leurs pentes. « Mais d'un autre côté, les terrains tertiaires « qui s'appuient sur la Montagne Noire sont « en couches fortement inclinées et leur « direction moyenne E. 25° N., très rappro-

nfin, au-dessus des riches sources du centre, sur un magnifique plateau qui est la partie la plus large et la plus élevée du vallon de Lamalou, au bas d'une colline, sur le penchant de laquelle on aperçoit les hameaux de Villecelle et du Fraïsse, au milieu de forêts de châtaigners séculaires, se trouvent les diverses sources qui constituent l'Établissement de Lamalou-le-Haut.

Au-dessus encore, sur la berge gauche de la rivière de Lamalou, coule la source connue des baigneurs sous le nom du Petit-Vichy.

C'est ce site enchanteur que les Romains avaient choisi et dans lequel on vient de découvrir les thermes qu'ils y construisirent dès les premiers temps de leur occupation.

Au milieu de cette belle et vigoureuse nature, il y avait encore place pour l'Art, et l'Etablissement thermal de Lamalou-le-Haut en est la preuve.

« chée de celle du terrain cambrien, est également celle de la chaîne principale « des Alpes, et, par suite, à celles que les mêmes terrains ont éprouvées dans le Languedoc.

« Il est donc naturel de supposer que la falaise qui termine le plateau « central de la France, du côté du Languedoc, a été soulevée à deux reprises « dans la même direction : la première fois, après le dépôt du terrain cam- « brien, la seconde, lors de l'érection de la chaîne principale des Alpes, c'est- à-dire postérieurement à la formation des terrains tertiaires. »

M. l'ingénieur Clément, dans un savant rapport, a démontré l'exactitude des lumineuses observations des premiers géologues de France.

Le mont Caroux doit son apparition à un formidable soulèvement, tandis que ses falaises au S. abruptes, raides, escarpées et fortement déchirées ont été produites par un affaissement.

Lorsqu'on fait l'ascension du mont Caroux par les bains de Lamalou-le-Haut, suivant une direction E. O., ou est frappé de la régularité et de la concordance qui existe dans la superposition, la direction et l'inclinaison des couches stratifiées; soulevées, elles ont obéi en masses compactes à une puissante impulsion ; d'immenses déchirures se sont produites formant des vallées profondes et transversales, et entr'autres celles de Lamalou.

Dans la vallée de Lamalou-le-Haut, un filon N. S., coupé transversalement par deux filons E. O., semble devoir être le barrage naturel aux infiltrations

Sans rien ôter aux beautés naturelles du site, les sentiers rocailleux ont fait place à des routes faciles ; des parcs émaillés de fleurs, animés de cascades et de cours d'eaux, existent aujourd'hui où des terrains arides se voyaient hier encore, et en ont fait un séjour préféré par les baigneurs toujours plus nombreux.

Le propriétaire de ce bel Etablissement a bien compris que surtout les malades viennent aux eaux thermales. Plus que pour tous autres, les distractions leur sont utiles.

La nature même des eaux de Lamalou y attire les personnes dont le système nerveux est naturellement délicat et se trouve en outre surexcité par de longues douleurs.

L'effet presque immédiat des eaux les rassure bien un peu ; mais si rien ne venait les distraire, le découragement en arrêterait le résultat. A Lamalou-le-Haut, ce n'est plus à craindre ; le malade y oublie facilement ses souffrances, et les journées si longues d'habitude pour

---

des ruisseaux supérieurs de Rosis, du Vernet et de Combes ; il serait le syphon par lequel les eaux thermales de cette vallée arrivent au jour.

Ces particularités autorisent à supposer qu'elles dérivent plus particulièrement du ruisseau de Rosis à la vallée duquel elles emprunteraient les matières organiques que l'analyse fait découvrir. Ce serait dans les clivages des couches schisteuses pénétrées et recouvertes de fer hydroxydé et oxydulé comme aussi dans les filons plombifères et cuprifères que ces eaux traversent, qu'elles se chargent de matières métalliques, alcalines, arsenicales et siliceuses dans les filons riches et variés si développés aux environs et au-dessus du ruisseau de Rosis et dans celui qui leur sert de syphon, qu'elles s'enrichissent de dissolvants tenant en suspension les substances organiques ainsi que du gaz acide carbonique qui se dégage en si grande abondance de la source même de ces eaux chaudes et minérales.

Les dépôts ferrifères qui se voient dans la vallée de Lamalou doivent leur existence aux sources de Lamalou-le-Haut et en dérivent ; la preuve en est qu'au-dessus ils n'existent pas et que ceux du bas du vallon ont le même caractère minéralogique et chimique.

Comme ces dépôts reposent immédiatement sur les schistes cambriens à Lamalou-le-Haut, on est fondé à donner à cette source l'âge le plus reculé, celui qui vit surgir du grand océan les crêtes de la Montagne Noire.

Lamalou-le-Haut a donc tout droit au nom de Lamalou-l'Antique.

celui qui souffre, sont trouvées parfois trop courtes à cause des nombreuses occasions qu'il a de se distraire.

La variété et la beauté des sites est de la plus grande importance pour les Etablissements thermaux, soit pour distraire le malade, soit pour donner un but à ses promenades et lui permettre d'essayer ses forces renaissantes, par un exercice offrant chaque jour un attrait nouveau.

Lamalou-le-Haut est sous ce rapport dans les meilleures conditions, et déjà on peut, dans le vallon même, faire de charmantes excursions. Presque tous les baigneurs font au moins une fois la promenade de Villecelle. Ce joli hameau, perdu dans de beaux châtaigners, semble toucher les bains, et pourtant il faut suivre pendant près d'une heure un sentier sinueux pour arriver jusqu'à lui.

De là une vue délicieuse. On embrasse d'un seul coup d'œil tous les thermes et le vallon de Lamalou.

On découvre une partie de la vallée de l'Orb, celle de Mare et celle de Lamalou. Dans cette dernière et dans la partie la plus large, au milieu d'un cercle d'arbres verdoyants, les établissements de Lamalou-le-Centre et le Haut; au-dessus aussi, comme dans un nid de verdure, les hameaux du Fraïsse, du vieux Lamalou, suspendus au flanc des collines à diverses hauteurs; à ses pieds on voit Hérépian, un peu plus haut les Aires et le Mont Saint-Michel, à sa gauche Bédarieux. Ce panorama est splendide et des mieux réussis.

Au sud et à l'entrée de la vallée de Lamalou se trouve la vallée de l'Orb. Dans un parcours de plusieurs kilomètres, la belle rivière qui lui donne son nom roule doucement ses eaux limpides, dans lesquelles de distance en distance se mirent de longs rideaux de peupliers; d'autrefois, elle bondit en écumant contre les rochers qui lui font obstacle; de belles prairies plantées de mûriers l'entourent dans tout son cours, que l'œil peut suivre de Bédarieux au Poujol.

Les montagnes qui bordent cette vallée sont d'un aspect très pittoresque; cultivées avec soin en bas, elles laissent voir à leur sommet des bois taillis et souvent des rochers nus d'un singulier aspect.

Deux jolis villages la limitent; Hérépian à l'Est, et le Poujol à l'Ouest ; le premier, bien situé à l'entrée de la vallée de Mare, est le point de jonction de plusieurs belles routes ; le second, avec ses maisons blanches, les hautes cheminées de ses usines, semble bâti au milieu d'un jardin.

Si l'on veut sortir des vallées les plus voisines de Lamalou, on peut faire, en un jour, une magnifique excursion. C'est l'ascension du Mont Caroux. Cet imposant rocher, que sa hauteur fait découvrir de tous les points de la plaine, n'est autre chose qu'une montagne nue, accessible par des chemins escarpés, et du sommet de laquelle, à travers un immense horizon, on découvre à gauche le Mont Ventoux, dernier contrefort des Alpes, près d'Avignon.

A droite, la chaine des Pyrénées, et à ses pieds les grandes plaines du Bas-Languedoc, avec leurs belles villes et leurs riches cultures, bordées dans toute leur étendue par le cercle bleu de la Méditerranée.

Une remarquable étude sur le vallon thermal de Lamalou, par le docteur Boissier, médecin-inspecteur des établissements du Centre et du Haut, et qui date déjà de longues années, dit ce qu'était alors Lamalou. Chaque jour a depuis apporté une amélioration nouvelle. Le pittoresque et la beauté de l'ensemble sont restés les mêmes, mais il n'est pas de détails qui n'aient été modifiés dans l'intérêt du bien-être et de l'agrément des baigneurs.

L'industriel et l'archéologue auront aussi de quoi utiliser fructueusement leurs loisirs pendant le séjour à Lamalou.

A six kilomètres des bains, les manufactures renommées de Bédarieux montreront au premier ces ingénieuses machines qui prennent la laine à l'état brut, et, sous l'œil du spectateur, la rendent en une belle pièce de drap.

La vieille abbaye de Saint-Pierre-de-Rhèdes tentera l'archéologue, qui pourra, à loisir et sans fatigue, y fouiller des ruines d'un grand caractère. Sa belle église romane surmonte un cimetière de village.

A peu de distance du Poujol, qu'on traverse, on voit le ravissant village de Colombières, où se trouve un cirque rappelant, malgré ses proportions plus réduites, celui de Gavarni, un vieux château féodal, et les fameuses gorges d'Héric.

De l'autre côté de Lamalou, dans la vallée de Mare, est bâti le hameau de Villemagne-l'Argentière où l'on retrouve les ruines de l'église de Saint-Mayan et de l'ancien hôtel où l'on battait monnoie.

CHAPITRE III

CLIMATOLOGIE

 i la juste renommée des eaux de Lamalou ne suffisait pas pour y attirer les baigneurs, la douceur de son climat et la beauté des sites seraient raisons suffisantes pour classer ses délicieux vallons au nombre des stations d'hiver dignes en tous points d'être recommandées.

Distant à peine de 40 kilomètres de la Méditerranée, Lamalou jouit de la température moyenne des plaines du Bas-Languedoc. Son altitude, qui est de 180 mètres au-dessus du niveau de la mer, lui évite les chaleurs parfois torrides du littoral, et, quoique entouré par des montagnes qui forment les premiers gradins des Cévennes et de la Montagne Noire, ces hauteurs, suffisantes pour l'abriter, laissent arriver jusqu'à lui les vents atténués et rafraîchissants du Nord-Ouest, le vent plus lourd du Sud et enfin celui du Sud-Ouest qui apporte d'habitude la pluie des sommets de la Montagne Noire.

Aucun de ces vents ne rappelle ni le mistral impétueux, ni l'autan que supportent mal les nerfs de l'habitant du Nord, ni les vents du Sud-Ouest, froids et humides.

Des observations nombreuses qui ont été faites, il résulte que la moyenne annuelle des jours de pluie n'est que de 22 jours.

Dans les mois les plus froids, décembre et janvier, les moyennes thermométriques sont de 6 à 7 degrés au-dessus de zéro ; elles ne dépassent pas 25° en juillet et août.

La neige est à peu près inconnue à Lamalou et fond d'habitude à peine tombée.

Avec ces conditions climatériques, les hivers y sont doux; les chaudes journées d'été ont leurs soirées et les nuits rafraîchies par les nombreux cours d'eau qui sillonnent le vallon.

A la douceur de son climat, qui permet de cultiver avec succès dans les bas-fonds la vigne et l'olivier, Lamalou joint la pureté exceptionnelle de son air. Les châtaigners qui couvrent les versants et les sommets des hautes collines bordant le vallon le laisseraient supposer vif et pénétrant comme celui des hautes montagnes; il n'en a, au contraire, que les qualités tonifiantes, sans l'excès toujours à redouter pour les poitrines trop débilitées par l'atmosphère malsaine des grandes villes.

Avec ces éléments précieux, si parfaitement équilibrés, Lamalou est exempt de toute épidémie; les maladies endémiques n'ont aucune prise sur sa saine population; aussi n'y voit-on pas comme trop souvent, dans certains pays de montagnes, de ces enfants chétifs ou bouffis qui y abondent et sont la preuve que la scrofule règne endémiquement dans ces contrées que l'on croirait pourtant dans des conditions favorables pour donner force et santé.

Quoique le climat de Lamalou puisse en faire conseiller le séjour même en hiver, il est pour les malades des saisons préférées qui leur seront au reste indiquées par les prudents et habiles médecins de notre station thermale.

a vraie saison est de mai à fin septembre; la végétation avancée au printemps et l'abri de sa verdoyante enceinte contre les premiers froids de l'hiver, laissent au vallon, pendant cette longue période, toute sa splendeur. Les baigneurs les plus gravement atteints et qui ont besoin de faire deux cures, peuvent laisser entre elles un intervalle suffisant pour qu'elles produisent leur plein effet. De là, des cas fréquents de guérison pour des affections qui, au lieu de quelques mois, eussent nécessité des années de traitement.

Pour une saison unique, il est bon de choisir du 20 juin au 20 septembre. La température répond mieux alors aux meilleures conditions d'un traitement thermal. La moyenne de la chaleur de ce doux climat est, dans ces mois les plus chauds, de 21°. Le vent du Nord-Ouest rafraîchit et assainit l'air ; les soirées sont délicieuses et sans aucune humidité.

Dans les mois suivants, le temps ne conserve plus cette égalité heureuse et devient variable ; aussi est-il utile de prendre quelques précautions et de se vêtir plus chaudement, surtout dans les soirées devenues plus longues ; des orages moins violents que répétés chargent parfois l'atmosphère d'électricité et réagissent sur les natures trop impressionnables, mais ces troubles sont passagers, et quelques précautions d'hygiène élémentaire suffisent pour s'en garantir.

En résumé, le climat de Lamalou est un des meilleurs entre ceux de toutes les stations thermales.

Les observations de M. le Dr Privat lui ont permis d'établir le tableau suivant, donnant les jours de pluie du 20 juin 1850 jusqu'en 1857.

MOIS DE L'ANNÉE	1850	1851	1852	1853	1854	1855	1856	1857
Juin	»	3	4	3	6	5	5	5
Juillet	2	2	»	1	4	1	1	»
Août	2	»	3	1	»	1	2	4
Septembre	3	2	2	5	»	4	1	7
Octobre	»	3	4	3	1	3	5	5
Novembre			2	7	1	8	»	12
Décembre			1	2	1	1	4	1
Janvier				6	1	»	7	1
Février				2	1	3	1	10
Mars				6	1	3	11	4
Avril				1	2	»	8	»
Mai				16	5	»	7	5

CHAPITRE IV

PRINCIPALES SOURCES DE LAMALOU-LE-HAUT

SOURCE TEMPÉRÉE

ès longtemps avant que Lamalou soit devenu station thermale, avant que les seigneurs du Poujol aient fait, à proximité de leur terre, exécuter les premiers travaux de captage pour recueillir les eaux minérales s'échappant des flancs du ravin, à l'entrée du vallon de Lamalou, les rares habitants de la contrée savaient que dans le haut de ce même vallon, dans un site admirable mais peu accessible alors, existaient de nombreuses et abondantes sources dont la découverte datait de temps immémorial et dont les effets thérapeutiques étaient justement appréciés dans le pays et les environs.

Le ravin dans lequel elles prenaient naissance en avait retenu le nom de Ravin de la Fontaine. Les Romains, qui pourtant avaient le choix sur nombre de sources d'accès plus facile, avaient établi là leurs thermes et créé Lamalou.

Lamalou-le-Haut a reconquis aujourd'hui le droit de revendiquer cet origine illustre et son nom de Lamalou-l'Antique.

La première des sources, que d'importants travaux ont dégagée des ronces et des décombres entassés par le torrent, parut d'abord peu importante et seulement de 26 à 27 degrés de chaleur.

M. François de Neufchâteau, ingénieur en chef des mines, appelé sur les lieux, constata que cette première découverte était simplement un des nombreux griffons de la source principale qui sortait elle-même au fond du lit du ruisseau.

Le ruisseau détourné laissa le lit aux eaux minérales seules, dont la thermalité fut trouvée à 30° centigrades.

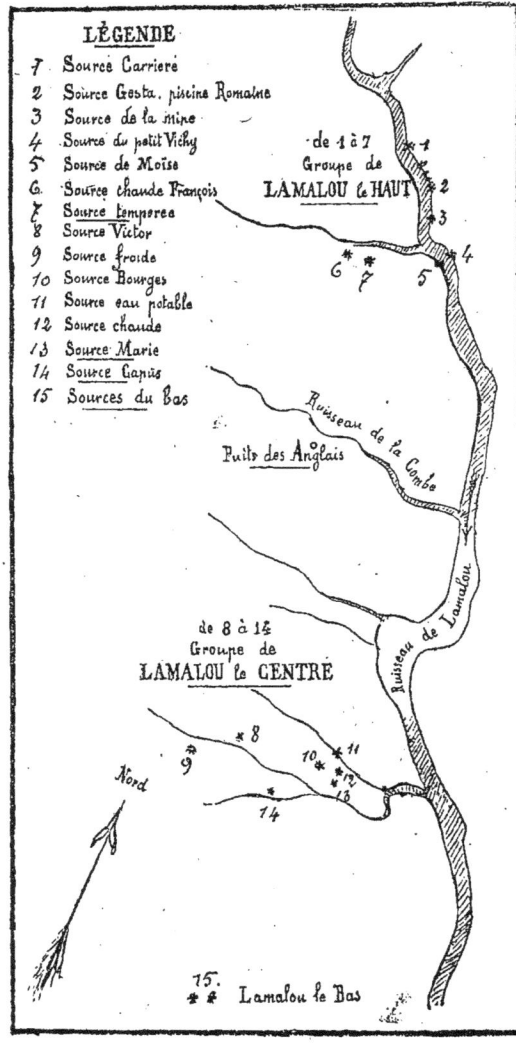

LÉGENDE
1 Source Carrière
2 Source Gesta, piscine Romaine
3 Source de la mine
4 Source du petit Vichy
5 Source de Moïse
6 Source chaude François
7 Source tempérée
8 Source Victor
9 Source froide
10 Source Bourges
11 Source eau potable
12 Source chaude
13 Source Marie
14 Source Capus
15 Sources du Bas

de 1 à 7
Groupe de
LAMALOU le HAUT

Ruisseau de la Combe

Puits des Anglais

Ruisseau de Lamalou

de 8 à 14
Groupe de
LAMALOU le CENTRE

Nord

15. Lamalou le Bas

Une galerie vient prendre ces eaux au point d'émergence, elle les conduit à l'Etablissement et dans les piscines, sans bassin d'attente, dans lequel elles pourraient perdre une partie de leurs propriétés.

L'eau y arrive constamment courante de toute la puissance de la source, et avec sa thermalité naturelle; elle est ainsi renouvelée à chaque instant; avantage doublement précieux.

Le jaugeage de la source, fait par M. l'ingénieur François de Neufchâteau, donne deux cent quarante-sept mille litres d'eau par vingt-quatre heures.

Un réservoir placé à 4 mètres alimente les tuyaux qui servent aux douches et au service de l'hydrothérapie.

Observée en masse, cette eau paraît troublée par de nombreuses matières qui s'y tiennent en suspension. Elle est d'une couleur jaune ocracée.

Prise dans un verre, elle est limpide et assez transparente, avec odeur ferrugineuse; piquante, elle a un goût styptique très prononcé.

Sa pesanteur spécifique est presque égale à celle de l'eau distillée privée d'air par ébullition.

SOURCE CHAUDE

ou

SOURCE FRANÇOIS

a richesse et la thermalité des eaux de la source tempérée laissaient, avec juste raison, supposer que d'intelligentes recherches donneraient encore un résultat meilleur. En effet, un puits artésien, foré il y a dix ans, est allé à 120 mètres de profondeur, au cœur même du rocher, des quartz métallifères, des marnes irrisées et des masses schisteuses chercher et en faire jaillir les eaux.

C'est dans l'établissement même de Lamalou-le-Haut qu'émerge directement cette source abondante, riche de tous ses éléments et avec toute sa thermalité.

La température de ces eaux est à 34° centigrades (rapport du Dr Filhol), et, quant à leur constitution chimique, elle est à très peu près la même que celle des sources Capus et du Centre.

« Cette source est de beaucoup la plus abondante de tout le vallon : elle fournit un volume d'eau qui s'élève à 250 litres par minute. Un pareil débit lui permet d'alimenter, sans réservoir d'attente, plusieurs piscines, baignoires, douches, etc. » (Dr Moitessier.)

Malgré son identité chimique avec la source tempérée, on a jugé utile de ne les point mélanger.

La source chaude étant d'une thermalité supérieure et constamment égale permet, avec la première, de donner des bains de températures différentes, « sans faire intervenir la chaleur artificielle. »

Dans des cas nombreux, il est indispensable de pouvoir varier la température des bains et l'avantage est bien plus grand lorsqu'ils peuvent être pris au degré de l'émergence sans déperdition des vertus thérapeutiques.

M. le docteur Bourdel avait reconnu le fondé de cette théorie : ayant retiré le meilleur résultat des bains à la température ordinaire de l'eau chez les personnes faibles et lymphatiques qui avaient besoin d'être tonifiées, sans amener de surexcitation de l'élément nerveux, très irritable chez cette catégorie de malades.

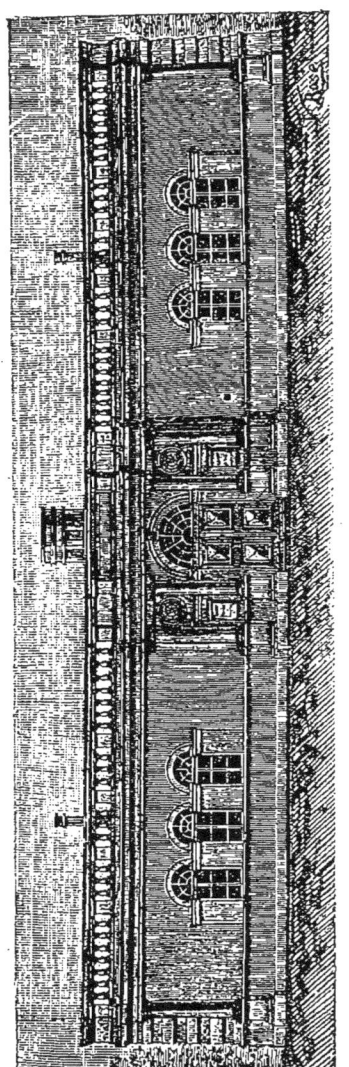

Façade des Thermes.

Ces expériences multipliées, et presque toujours heureuses dans ce cas, ont fait préférer les bains de Lamalou-le-Haut aux bains de mer ; l'effet tonique était plus rapidement obtenu, sans l'excitation qui accompagne d'habitude l'action des eaux salées.

Des enfants scrofuleux ou menacés de le devenir, les personnes d'un tempérament délicat et nerveux ont retiré des avantages inappréciables de l'usage de ces eaux ainsi pratiqué.

Et l'on nous permettra d'insister sur ce point et de bien établir la différence des effets physiologiques et des résultats obtenus par les deux méthodes balnéaires.

Le bain de mer est un bain froid, à l'aide duquel on veut susciter une réaction de l'organisme ; mais chez un jeune enfant, déprimé et affaibli déjà par une affection constitutionnelle, la réaction se fera mal ; il est possible qu'elle ne se fasse même pas, et l'enfant pourra éprouver de graves accidents, en mourir peut-être ; d'autre part, s'il est sujet à des évacuations, des éruptions, à des gourmes habituelles et que la réaction indiquée se produise mal, il pourra en résulter des suppressions brusques, des métastases dangereuses.

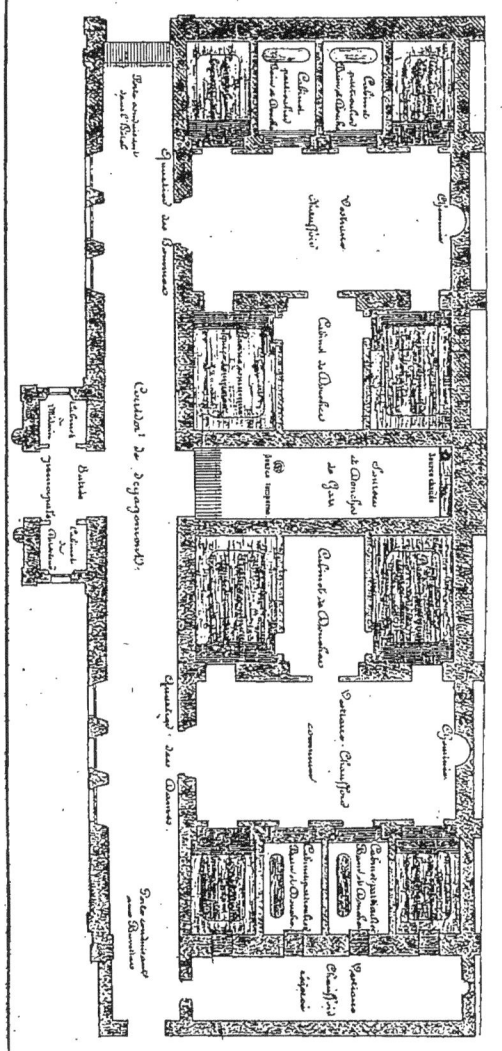

Plan des Thermes.

On peut appliquer le même raisonnement aux personnes âgées chez lesquelles les mouvements vers la peau sont presque nuls et les congestions internes très faciles.

Chez les femmes, chez les jeunes filles douées d'une très grande sensibilité, la médication par les eaux salines froides exige les plus grandes précautions, et l'impression première causée par l'eau froide produit des spasmes, des étouffements, des convulsions même.

Les effets de l'eau de Lamalou sont bien moins brusques, sans que les heureux résultats en soient diminués.

Si la sensation première, en se plongeant dans une eau à 30°, c'est-à-dire légèrement au-dessous de la température du corps (37°), est une agréable sensation de fraîcheur, elle ne tarde pas à s'atténuer pour faire place à une douce chaleur qui se répand dans tout l'organisme. La réaction s'établit vite et franche, et le va-et-vient du centre à la périphérie, à toute la surface du corps, évite les congestions et les métastases intérieures.

Les résultats obtenus chaque saison chez les enfants débiles, chez lés jeunes filles anémiques, feront, dans les cas analogues, donner la préférence aux bains de Lamalou-le-Haut.

L'action des principes minéralisateurs est d'autant plus efficace que leur absorption en aura été rendue plus facile. Car alors ses effets se continuent non seulement après le bain, mais quelque temps encore après la cure thermale.

Coupe des Thermes.

Le bain chaud ordinaire, par un usage tant soit peu répété, a toujours pour conséquences un affaiblissement sensible.

Le contraire a lieu pour les eaux minéralisées de Lamalou-le-Haut, précisément à cause de leur thermalité qui se trouve au degré précis pour que les eaux produisent leur résultat le plus complet.

Nous lisons dans l'Annuaire des eaux de la France (page 344) :

Si la température d'un bain descend au-dessous de 35° à 30°, l'exhalation cutanée s'arrête et l'absorption commence. Celle-ci augmente à mesure que le bain devient plus frais. Si, au contraire, la température du bain dépasse 30° ou 35°, l'absorption s'arrête et l'exhalation se manifeste avec une intensité qui est en raison même de la chaleur du bain. Aussi, à la suite du bain chaud, survient-il de la soif, parce que le sang y perd une partie de ses principes aqueux.

Kahtlov va plus loin encore; il démontre, par ses expériences faites en 1822, que l'eau fraîche est plus facilement absorbée que l'eau tiède ou modérément chaude, fait indiscutable malgré la théorie contraire qui paraîtrait la plus plausible.

Mais comme l'immersion partielle ou totale du corps dans une eau par trop rafraîchie pourrait être contraire à certaines affections, mieux vaut s'en tenir à une température moyenne. En conséquence, pour activer l'absorption cutanée, en évitant toute réaction fâcheuse, il faut donner des bains de 30° à 35° au maximum.

De ce principe, reconnu aujourd'hui par la science et généralement admis, il résulte que les eaux des sources chaude et tempérée de Lamalou-le-Haut sont dans des conditions particulièrement favorables à l'absorption cutanée et doivent par conséquent produire des effets thérapeutiques supérieurs.

La nature de la matière organique contenue dans les eaux de la source tempérée et de la source chaude n'a pas été encore bien définie, malgré les savantes recherches des Anglada, des O. Henry, des Berzelius, de l'éminent et regretté chimiste Filhol. M. le docteur Petit, médecin-inspecteur des eaux de Vichy qui a étudié d'une manière spéciale la matière organique qu'elles contiennent en a été amené à conclure qu'elle était en même temps végétale et animale.

Quoi qu'il en soit, ses effets sont connus et c'est l'essentiel.

es analyses des docteurs Audouard, Bernard et Martin constatent que les eaux de Lamalou-le-Haut contiennent une quantité relativement très grande de matières organiques azotées, 0,06 centigrammes environ par litre.

La prévoyante nature avait encore ici tracé sa voie à la science. Ces matières produisent l'effet de la gélatine incorporée dans les bains ordinaires. C'est par elles que la sécheresse de la peau, avant le bain, fait bientôt place à une onctuosité qui l'assouplit et la dispose merveilleusement à recueillir les fruits du traitement balnéaire.

Un deuxième effet très remarquable est la sédation générale et le sentiment de bien-être qu'elles procurent; la circulation se ralentit et les effets excitants du gaz acide carbonique et du fer sont adoucis, dans ce qu'ils pourraient avoir d'exagéré ; la respiration en devient facile et voluptueuse, comme le dit M. Lombard ; elles favorisent l'exhalation cutanée, la sécrétion et l'excrétion urinaire ; enfin, en dilatant les vaisseaux absorbants de la peau, elles facilitent l'absorption des matières qu'elles y fixent.

L'importance des matières organiques dans l'action des eaux minérales devient de jour en jour plus évidente.

Grâce aux progrès de la science, nous connaissons les éléments qui sont contenus même à dose presque infinitésimale dans les diverses eaux. Mais la chimie est impuissante à les reconstituer avec leurs effets.

Vauquelin le reconnaît en ces termes excellents :

 n conviendra sans doute, dit-il, que les eaux minérales qui contiennent de pareilles substances ne sont pas faciles à imiter, et, quand on entend dire qu'en ce genre l'art est l'émule parfait de la nature, on est tenté de rire de pitié.

Analyse des sources chaude et tempérée

Par le Docteur FILHOL.	Tempérée.	Chaude	Par le Docteur WILM.	
Bi-carbonate de soude............	0,4720	0,3921	Silice........................	0,0318
— de potasse...........	0,1280	0 1093	Carbonate ferreux.............	0,0181
— de chaux.............	0,6768	0,6022	Manganèse	traces
— de magnésie.........	0,2865	0,2485	Carbonate de calcium..........	0.3100
— de lithine...........	traces	traces	— de magnésie	0,1351
Carbonate d'ammoniaque........	0.0011	0,0011	— de sodium...........	0,1825
— de manganèse........	traces	traces	— de potassium........	0,0865
Chlorure de sodium..............	0,0256	0,0200	— de lithium..........	0,0007
Fluorure de calcium	traces	traces	Sulfate de Sodium	0,0339
Sulfate de soude.............	0,0303	0.0367	— de Potassium.........	
Silice......................	0,0550	0,0515	Chlorure de Sodium...........	0,0231
Bicarbonate de fer crénaté.......	0,0231	0,0235	Phosphate de —	0,0010
Phosphate de chaux	0,0062	0,0060	Arséniate de —	0,0004
Arséniate de chaux	0,0004	0,0004	Acide Borique	traces
Cuivre.....................	traces	traces	Cuivre........................	—
Matière organique..............	»	»	Matière organique.............	—
	1,6450	1,4914	TOTAL	0,8231
			Résidu observé	0,8255
Acide carbonique libre	316,00	501,00		
Azote.....................	21,90	20,30	Bicarbonate de chaux..........	0,4464
Oxygène....................	3,10	2,70	— de fer............	0,0250
			— de soude	0,2993
	341,00	523,00	— de potasse	0,1254
			— de lithine..........	0,0013
			— de magnésie	0,2054

Voici, d'après le docteur Moitessier, professeur à la faculté de médecine de Montpellier, l'analyse des sédiments de ces sources :

Carbonate de chaux..	7.40
— de magnésie..	0.72
Peroxyde de fer	77.89 (1)
— de manganèse.	0.10
Arséniate de fer	0.07
Silice.	1.05
Sulfate de baryte. . . . . ⎫	
— de strontiane . . . . ⎭	0.05
Oxyde de cuivre	0.03
— de cobalt . . . . ⎫	
— de nickel . . . . ⎬	traces
— de zinc . . . . ⎭	
Matières organiques.	12.45 (2)
Perte.	0.26
	100.00

M. le professeur Moitessier fait à la suite de cette analyse l'observation suivante :

Les dépôts ocracés de toutes les sources de Lamalou sont d'une couleur brunâtre tant qu'ils sont humides, et deviennent jaunes par la dessication ; ceux de la source qui nous occupe conservent, au contraire, quand ils sont secs, la même teinte qu'ils avaient lorsqu'ils étaient humides, et possèdent une couleur beaucoup plus foncée que les précédentes. Cette différence nous paraît dépendre d'une proportion plus considérable de matières organiques, peut-être aussi de la nature de cette matière.

C'est par la combinaison bien connue des éléments constitutifs des

---

(1) L'analyse des sédiments de la source des bains de Lamalou-le-Bas n'a donné à M. Moitessier que 10 sur 100 parties au lieu de 77.

(2) L'analyse des sédiments de la même source à Lamalou-le-Bas n'a donné que 7.45 de matière organique au lieu de 12.45.

eaux qu'on peut arriver à la solution du problème et à la raison de leurs effets.

Or cette combinaison est, et restera, nous le craignons, toujours incertaine.

Pourquoi, dès lors, puisque le mélange des sels et des bases, établi d'après les rigoureuses analyses chimiques qui ont été faites, ne produit que peu ou point de résultat, pourquoi ne pas attribuer à leurs combinaisons avec les substances végétales et animales qu'elles détiennent les effets des eaux minérales.

Telle est, si non l'opinion formelle, du moins la théorie rationnelle du docteur Constantin-James, juge compétent en ces matières. Il s'exprime ainsi :

Je ne voudrais pas, dit-il, par une assimilation exagérée, pousser trop loin l'analyse ; toutefois, s'il est vrai que, dans un bouillon de viande, la matière animale soit tout et les quelques sels absolument rien, pourquoi, transposant les rôles à propos des eaux, rapporter tout aux sels et rien à la matière animale, attendu surtout que les sels et les bases ne représentent, en volume et en poids, que des quantités très minimes.

La richesse de ces sources en principes minéralisateurs et en matières organiques est complétée par la quantité de gaz qu'elles dégagent ; sur ce point l'analyse du docteur Moitessier a donné les résultats suivants :

Prenant un litre de gaz spontanément émis par la source, il a trouvé :

Acide carbonique.	995.0
Azote.	4.5
Oxygène.	0.5
	1000.0

La plus grande concordance existe entre les analyses des chimistes éminents qui ont étudié les eaux de Lamalou-le-Haut.

Filhol, dans son rapport officiel, en date du 14 septembre 1864, dit de la source François :

« L'eau de cette source est limpide, incolore ; sa saveur est fran-
« chement ferrugineuse, elle possède une réaction alcaline bien
« prononcée.

« Sa température est de 34°.

« Cette eau, qui est très abondante, jaillit de bas en haut par un
« tube de captage, dans lequel elle semble être dans un état d'ébulli-
« tion continuelle. Une énorme quantité de gaz se dégage de tous les
« points du liquide, le soulève et le projette même à une certaine
« hauteur au-dessus du tube.

« Le gaz dont je viens de parler est composé, presque en totalité,
« d'acide carbonique ; il ne renferme que très peu d'oxygène.

« Je l'ai trouvé composé de :

« Acide carbonique.	98.50
« Azote..	1.00
« Oxygène. . . . . . . :	0.50
	100.00

a présence de cette énorme quantité de gaz acide carbonique qui se dégage constamment à la surface du bain explique bien des effets et bien des résultats. Il est utile de s'y arrêter un instant, ne serait-ce que pour bien marquer cette production et l'action bienfaisante qui s'en suit et qui est, pour ainsi dire, *la carac-téristique* des bains de Lamalou-le-Haut, car, nous pouvons le revendiquer, *c'est là seulement qu'elle se produit, tout au moins en si grande abondance.*

Quand on se plonge dans le bain, toute la surface de la peau se couvre d'une quantité infinie de petites vésicules de la grosseur d'une tête d'épingle, qui se touchent les unes les autres ; détachées par la pression de la main, elles montent au niveau de l'eau où elles arrivent avec un léger bruissement.

Si on sort le bras ou une partie du corps hors de l'eau, les bulles disparaissent pour se reformer quelques moments après que l'on s'immerge de nouveau, et le même phénomène se produit sur tous les corps étrangers que l'on précipite dans le bain, pareil, du reste, à celui qui se produit quand on verse dans un verre une eau fortement gazeuse.

Ce phénomène physique est accompagné d'une action physiologique qui se manifeste par une chaleur, une ardeur particulière, quelquefois suivie de rougeur intense chez quelques malades à peau fine et délicate.

Et de même que par la friction disparaissent les bulles, disparaît aussi cette sensation chaude pour revenir ensuite avec la même intensité.

On comprendra sans peine les effets curatifs qui découlent de ce phénomène. Cette espèce de sinapisme général qui n'a rien de désagréable, cette multitude de petites ventouses, formant par leur infinité une sorte de grande ventouse de Jundt, appellent le sang à la périphérie, activant la circulation capillaire et décongestionnant d'autant les organes internes.

Les résultats obtenus dans les affections médullaires et cérébrales s'expliquent par cette action si puissante et si remarquable, ainsi que les cures si nombreuses dans les affections générales et constitutionnelles qui ont déprimé l'organisme général, chloroses, anémies, convalescences des fièvres typhoïdes, etc., etc.

Il a été question plus haut de la différence des résultats produits par les bains de mer et par ceux de Lamalou-le-Haut; l'explication de ce nouveau phénomène corrobore notre première affirmation et donne le motif des réactions franches et toniques qui amènent la guérison de la scrofule chez les jeunes enfants. Nous nous sommes tenu jusqu'ici, pour constater les cures remarquables d'affections qui paraissent si diverses, à ce seul phénomène, mais on avouera que les principes minéralisateurs, que le fer, l'arsenic, le manganèse, etc., etc., agissent à leur tour et apportent avec eux leur efficacité et leur vertu d'autant plus grandes que la nature elle-même s'est chargée et de leur préparation et de leur assimilation plus facile par la manière dont elle a groupé leurs divers composés.

M. Patissier, dont la compétence au sujet de la recherche des causes dans les effets des eaux minérales est universellement admise, indique le rôle important que jouent les gaz dans les résultats obtenus et dit : Si le fer pris isolément a une action thérapeutique très marquée, il est certain que, combiné avec l'acide carbonique et uni à des bicarbonates alcalins, il devient plus assimilable et se dissout mieux dans nos liquides.

L'acide carbonique, d'après le docteur Durand-Fardel, est l'agent essentiel de la minéralisation des eaux. C'est à sa présence en excès que la plupart de leurs composés doivent leur état soluble. Tel est le cas pour les sources de Lamalou-le-Haut, et de Lamalou-le-Centre.

Ces gaz, en outre de leur grande utilité dans la composition des eaux minérales, peuvent être encore, seuls, un agent thérapeutique fort précieux utilisé en douches et en bains gazeux, ainsi que cela a lieu dans les établissements thermaux d'Ischel en Autriche, de Marienbad et Eger en Bohême.

SOURCE DU PETIT-VICHY

 u nombre des sources dont s'enorgueillit à juste titre le vallon de Lamalou, il en est une précieuse entre toutes. Elle se distingue des autres par l'absence à peu près complète d'éléments ferrugineux, ce qui lui donne un rôle prépondérant dans les cas multiples auxquels le traitement hydrominéral serait absolument contraire.

Cette source jaillit sur la rive gauche du ruisseau de Lamalou, dans le ravin de la Veyrasse, dont elle portait autrefois le nom. Depuis longtemps déjà, les baigneurs reconnaissants lui ont donné celui de : Petit-Vichy, à cause de la composition de ses eaux et de l'identité de ses effets avec ceux obtenus par sa riche sœur de l'Allier.

Elle coule par une conduite de galeries restant d'anciens travaux de mines argentifères.

Sa température est à 20° et reste constamment la même, quelles que soient les variations extérieures des saisons extrêmes.

« Cette eau, dit le docteur Boissier (dans sa thèse soutenue à la faculté de médecine de Montpellier, en 1855), est limpide, transparente, incolore, d'une fraîcheur agréable; elle laisse dégager une grande quantité d'acide carbonique qui la rend pétillante. Quand on la laisse un peu de temps dans un verre, on voit les parois de celui-ci se couvrir d'une infinité de bulles gazeuses.

« M. O. Henry l'a analysée, il y a environ deux ans; elle contient, selon lui, un cinquième de son volume d'acide carbonique libre, des bicarbonates, des sulfates, quelques chlorures, des indices de bromures et d'iodures.

« Parmi ces sels, ceux qui prédominent d'une manière notable, sont les bicarbonates de soude, de chaux et de magnésie ; on n'y reconnait que des traces de fer.

« C'est là le caractère qui distingue peut-être le plus cette source de la plupart de celles du vallon de Lamalou, où le fer se trouve toujours en proportion notable.

Lamalou-le-Haut (Petit-Vichy).

« La composition de cette eau explique ses effets avantageux dans un grand nombre de maladies des voies digestives, signalées dans un travail où M. le professeur agrégé Lombard a publié un bon nombre d'observations à ce sujet.

« La plupart des baigneurs ne font leur boisson habituelle aux repas, soit seule, soit coupée avec du vin ; presque tous vont en boire des verrées à la source, dans le courant de la journée. Le volume du gaz que contient cette eau, la fait ressembler à l'eau de seltz ; la grande quantité de carbonates alcalinés que l'on y trouve lui donne de l'analogie avec les eaux de Vichy.

« Ces divers caractères, et l'absence presque complète de sels de fer, lui laissent un goût agréable et rendent sa digestion facile, même aux estomacs les plus délicats. Elle tonifie pourtant les voies digestives, réveille et stimule leurs fonctions. Elle a aussi une action marquée sur la secrétion urinaire, qu'elle active puissamment ; ce dernier effet la rend propre à dissoudre certains graviers, surtout ceux de l'acide urique. »

Quels que soient les doutes émis sur l'origine de la goutte, il est permis de dire que la Gravelle peut en être une des nombreuses conséquences ; or, contre ces deux affections si complexes et si douloureuses, la source du Petit-Vichy vient remédier à l'impuissance des autres sources du Vallon ; en effet, avec ses propriétés alcalines, la quantité moyenne d'acide carbonique libre et l'absence presque totale d'éléments ferrugineux qu'elle contient, elle représente à un haut degré une boisson eupeptique, prise à petites doses.

Prise à dose beaucoup plus élevée, elle réalise une médication alcaline et produit une diurèse considérable qui montre son action directe sur les reins.

Pour la gravelle, qui est souvent une complication de la goutte, le bain vient en aide à l'effet des eaux prises à l'intérieur. On voit la combinaison de ces deux moyens amener la résolution des engorgements articulaires par cause arthritique, et les fluxions goutteuses récidiver moins souvent durant l'année qui suit l'usage des eaux.

Il est peu de baigneurs qui, ayant éprouvé les effets immédiats de l'eau du Petit-Vichy, ne veuillent en continuer l'usage dans l'intervalle de deux saisons, pour maintenir les résultats obtenus et empêcher le retour de crises douloureuses.

L'eau de cette source, remarquable par la stabilité de sa composition, se transporte sans altération et conserve toute sa vertu thérapeutique. En dehors des malades, à qui elle est particulièrement utile, l'usage tend à s'en répandre de jour en jour, et elle est de plus en plus appréciée comme une des meilleures eaux de table connues.

La visite de la source du Petit-Vichy est pour tous les baigneurs une des attractions de Lamalou

Située dans un site admirable qui semble continuer les beaux parcs de l'établissement thermal de Lamalou-le-Haut, à deux pas

Petit-Vichy (Allée des Soupirs).

de la piscine Romaine, on y parvient en suivant une route parfaitement carrossable et qui conserve pourtant le pittoresque et la fraîcheur qui lui ont fait donner le nom poétique d'Allée des Soupirs.

Il est vrai de dire qu'une transformation presque subite s'est opérée.

Les temps ne sont plus où, « après avoir descendu le chemin « escarpé qui conduisait à l'Etablissement thermal, on pénétrait dans « une allée, ou plutôt une gorge profonde, où ne pénétraient jamais « les rayons du soleil. »

Dans ce ravin ombreux, digne d'être admiré, le rhumatisant peut venir aujourd'hui sans crainte ; il y trouvera air et lumière avec de délicieux abris. La passerelle rustique sur laquelle il n'osait s'engager pour franchir la rivière, est remplacée par un pont élégant qu'est venue embellir encore la luxuriante végétation qui l'entoure ; enfin la pauvre petite maisonnette au pied de laquelle jaillissait la source, a fait place à un charmant castel aux tourelles élancées que le touriste admire et que la gracieuse nymphe du Vallon ne dédaignerait pas de choisir pour asile.

Substances contenues dans un kilogramme d'eau minérale de la source du Petit-Vichy

D'après les analyses du Docteur FILHOL.

Oxygène	4,50	Oxygène	450
Azote	21,50	Azote	2426
Acide carbonique	18gr9060	Acide carbonique libre	1,1608
— silicique	0,0446		
— sulfurique	0,0200	Bicarbonate de soude	0,3670
— phosphorique	traces	— de potasse	0,1239
— arsenique	»	— de chaux	0,5271
Chlore	0,0136	— de magnésie	0,1988
Fluor	traces	— d'ammoniaque	traces
Potasse	0,1985	— de lithine	»
Oxyde cæsium	traces	— de cæsium	»
— rubidium	»	— de rubidium	»
Ammoniaque	»	— de fer	0,0055
Baryte	»	— de manganèse	traces
Strontiane	»	Chlorure de sodium	0,0225
Chaux	0,2090	Fluorure de sodium	traces
Magnésie	0,0631	Sulfate de chaux	0,0340
Protoœyde de Manganèse	traces	Silicate de soude	0,0791
— de fer	0,0025	Phosphate de chaux	traces
Oxyde de cuivre	traces	Arseniate de chaux	»
Lithine	»	Sulfate de cuivre	»
Matière organique	»	Matière organique	»
	2,5213		2,5182

SOURCE DE LA MINE

on loin du Petit-Vichy, dans le haut du vallon de Lamalou, coule la source de « La Mine. » Elle tire son nom de la galerie d'où elle émerge, reste des travaux d'une mine abandonnée.

Très abondante, l'eau en est limpide, peu gazeuse, à cause de son parcours à l'air dans la galerie ; aussi est-elle à peine acidulée avec un goût de fer très prononcé. Sa composition et ses propriétés sont, à très peu près, les mêmes que celles de la buvette Capus. Sa température de 20 à 23 degrés ne permet pas de l'utiliser en bains, mais, prise en boisson, son action n'en est pas moins importante, et, après quelques jours de son usage modéré, on en ressent les effets merveilleux.

Voici du reste ce qu'en disait le savant professeur Moitessier, après une étude sérieuse et l'analyse complète que nous donnons plus bas :

« La source de la mine se rapproche beaucoup, par sa composition « chimique, des deux grandes sources de Lamalou-le-Haut ; elle s'en « distingue toutefois par une proportion de fer beaucoup plus élevée : « elle contient, en effet, près de cinq centigrammes de bicarbonate « de fer par litre et se trouve, après Capus, la source la plus ferru- « gineuse du Vallon.

« Les nombres suivants expriment la composition de cette eau « minérale ; l'analyse en a été effectuée sur de l'eau recueillie au « mois de septembre. Un accident de laboratoire nous a fait perdre « les dosages d'acide carbonique. »

Résultats de l'Analyse.		Analyse calculée.	
POUR UN LITRE D'EAU :		POUR UN LITRE D'EAU :	
Acide carbonique.........		Bi-carbonate de soude......	0.3673
— sulfurique..........	0.0553	— de potasse....	0.1832
— phosphorique........	0.0006	— de lithine....	traces.
— arsénique	0.0002	— de chaux.....	0.4425
— chlorhydrique.......	0.0124	— de magnésie..	0.1708
— borique.............	traces.	— de fer........	0.0484
Silice....................	0.0527	— de manganèse.	traces.
Pôtasse..................	0.0947	Chlorure de sodium.......	0.0196
Soude....................	0,1626	Sulfate de chaux..........	0.0940
Lithine..................	traces.	Phosphate de soude........	0.0012
Chaux...................	0.2108	Arseniate de soude	0 0004
Magnésie.................	0.0543	Dorate de soude..........	traces.
Protoxyde de fer	0.0218	Sulfate de cuivre..........	traces.
— de manganèse...	traces.	Silice....................	0.0527
Oxyde de cuivre..........	traces.	Ac. crenique et apocr......	traces.
Ac. crenique et apocr......	traces.		
			1.3801
Oxygène	4 cc 0	Acide carbonique libre......	
Azote....................	11 cc 0	Oxygène.................	4 cc 0
		Azote	11 cc 0

Il ajoute : « Il est probable que la proportion de fer qu'elle tient
« en dissolution serait plus considérable, et l'on pourrait peut-être,
« par un aménagement convenable, la rendre aussi importante et
« aussi utile que celle de Capus. »

Ce dernier résultat prévu a été pleinement justifié par l'analyse faite
par le savant professeur, docteur Wilm, de la Faculté de Paris.
D'après les expériences faites en avril 1879, la comparaison établie
entre les diverses sources des trois groupes de Lamalou, la source
Capus et celle de la Mine, donne pour ces deux dernières les chiffres
suivants :

SOURCE CAPUS		SOURCE DE LA MINE	
Carbonate ferreux....	0,0567	Carbonate ferreux....	0,0593
Bi-carbonate de fer..	0,0782	Bi-carbonate de fer...	0,0818

D'où il résulte que la source de la Mine est plus riche en fer que Capus.

Nous complèterons les documents qui établissent la juste réputation des eaux de la source de la Mine par les analyses du docteur Wilm et de l'éminent chimiste Filhol, directeur de l'Ecole de Médecine de Toulouse.

Source de la mine, Dr Wilm		Source de la mine, Dr Filhol	
Silice	0,0504	Bicarbonate de soude..............	0,2435
Carbonate ferreux.................	0,0593	— de potasse............	0,1058
Manganèse........................	0,0098	— de chaux..............	0,5012
Carbonate de calcium	0,2674	— de magnésie..........	0,1382
— de Manganèse...........	0,1060	— de lithine............	traces
— de sodium..............	0,0548	Carbonate d'ammoniaque	0,0006
— de potassium	0,0354	— de manganèse...........	traces
— de lithium..............	0,0010	Chlorure de sodium...............	0,0846
Sulfate de sodium	0,1500	Fluorure de calcium	traces
— de potassium.............	0,0466	Sulfate de soude	0,0343
Chlorure de sodium................	0,0148	Silice	0,0600
Phosphate de sodium..............	0,0040	Bicarbonate de fer crenaté	0 0484
Arséniate de sodium..............	0,0009	Phosphate de chaux...............	traces
Acide borique...... (traces douteuses)	«	Cuivre...........................	«
		Matière organique	«
TOTAL........................	0,7954	Arseniate de chaux...............	0,0004
Résidu observé...............	0,7740		0.1366
Bicarbonate de chaux	0,3779		
— fer....................	0,0818	Acide carbonique libre.............	208,82
— manganèse...........	0,0135	Azote............................	23,36
— soude.................	0,0869	Oxygène..........................	3,64
— potasse..............	0,0513		235,00
— lithium	0,0018		
— magnésie.............	0,1661		

Enfin, d'après M. le Professeur Moitessier :

Poids du résidu fixe...................... 1,0150.

Poids des sels neutres calculé.............. 1,0407.

SOURCE DE MOISE

l existe à Lamalou-le-Haut une nouvelle source qui, se distinguant des autres du vallon par l'absence à très peu près complète d'éléments ferrugineux, puisqu'elle n'en détient que des traces, peut être rangée dans la catégorie des eaux bi-carbonatées sodiques, c'est-à-dire purement alcalines, comme celle du Petit-Vichy.

Par la composition de ses eaux, la source Moïse a une action directe sur les affections scrofuleuses, en même temps que sur les rhumatismes, la goutte, la gravelle, la diabète ; elle combat avec succès les altérations fonctionnelles de l'appareil hépatique, et ses effets résolutifs sur les engorgements abdominaux viennent compléter les services qui lui ont valu sa juste réputation. Elle possède en outre une heureuse influence contre les maladies des yeux.

Ces eaux doivent être préférées, dans une foule de cas où un excès d'activité thérapeutique serait à redouter ; elles préparent et aident puissamment à la médication par les autres sources dont elles sont l'auxiliaire précieux.

Voici d'après les analyses du Docteur Filhol, les substances contenues dans un kilogramme d'eau minérale de la source de Moïse.

Oxygène	2,50	Oxygène		2,50
Azote	24,20	Azote		24,20
Acide carbonique	1.5300	Acide carbonique libre		66,89
— silicique	0,0582			
— sulfurique	0,0178	Bicarbonate de soude		0,3357
— phosphorique	traces	—	de potasse	0,1430
— arsenique	«	—	de chaux	0,6859
Chlore	0,0161	—	de magnésie	0,2760
Fluor	traces	—	d'ammoniaque	0,0010
Potasse	0,0789	—	de lithine	traces
Soude	0,1933	—	de cœsium	«
Oxyde cœsium	traces	—	de rubidium	«
— de rubidium	«	—	de fer	«
Ammoniaque	«	—	de manganèse	«
Baryte	«	Chlorure de sodium		0,0266
Strontiane	«	Fluorure de sodium		traces
Chaux	0,2715	Sulfate de chaux		0,0303
Magnésie	0,0878	Silicate de soude		0,0926
Protoxyde de manganèse	traces	Phosphate de chaux		traces
— de fer	«	Arséniate de chaux		«
Oxyde de cuivre	«	Sulfate de cuivre		«
Lithine	«	Matières organiques		«
Matière organique	«			
	2,2586			**2,2400**

Analyse de la Source de Moïse,

Par le docteur FILHOL.

Bi-carbonate de soude	0.4267
— de potasse....................	0.1480
— de chaux....................	0.6980
— de magnésie....................	0.2760
— de lithine....................	traces.
Carbonate d'ammoniaque....................	0.0010
— de manganèse..................	traces.
Chlorure de sodium........................	0.0226
Fluorure de calcium.......................	traces.
Sulfate de soude..........................	0.0516
Silice....................................	0.0550
Bi-carbonate de fer crenaté.................	traces.
Phosphate de chaux.......................	id.
Arseniate de chaux.......................	id.
Cuivre...................................	id.
Matière organique........................	id.
	1.6579
Acide carbonique libre.....................	336.00
Azote	22.10
Oxygène	2.40
	360.50

La constitution géologique du vallon explique la richesse exceptionnelle des groupes thermaux de Lamalou-le-Haut et de Lamalou-le-Centre.

Sans qu'il y soit nécessaire de détourner de petits filets à noms divers, mais d'une identité complète avec un griffon unique, chacune des sources de ces deux Etablissements, indépendantes entre elles, ont chacune leurs propriétés distinctes, administrées en bains ou prises en boisson ; elles réunissent les éléments complets de la thérapeutie thermale.

SOURCE CARRIÈRE

es eaux de cette source sont, par le chimiste Filhol, classées dans les acidules bicarbonatées sodiques, ferro-crenatées et arsenicales; leur température au point d'émergence est de 23°60.

Dans le principe elle fut destinée à alimenter le futur établissement de Lamalou-le-Haut; sa composition et les nombreuses preuves de ses propriétés curatives donnaient déjà raison suffisante à ce projet. En outre, sa thermalité se rapprochant de la température dite indifférente, autorisait à l'employer en bains pour qu'elle pût produire son maximum d'effet; car il est surabondamment prouvé que, dans la presque totalité des cas, une eau minérale à température beaucoup plus élevée que celle du sang, non seulement n'est pas d'un usage convenable, mais peut souvent devenir fort nuisible.

« Il faut alors ou la laisser refroidir, et il n'est guère d'eaux qui ne « s'altèrent en quelque chose par le refroidissement, ou la couper « avec de l'eau froide, douce ou minérale, ce qui ne peut guère « encore avoir lieu sans lui faire subir une certaine altération. » (Dr Durand-Fardel).

Par suite des indications de MM. les Ingénieurs de Sizancourt et François de Neufchâteau et des travaux de captage si savamment exécutés sous leur direction, de nouvelles sources autrement importantes en volume et plus riches par leur composition furent découvertes. Plus accessibles, situées sur le plateau le plus large et le mieux aéré du vallon de Lamalou, on leur donna la préférence; ce sont celles qui coulent dans l'Etablissement même de Lamalou-le-Haut et l'alimentent.

*

La source Carrière a été conservée comme buvette, elle complète les ressources thérapeutiques du riche groupe dont elle fait partie.

Résultat de l'analyse pour un litre d'eau.

Acide carbonique	1,1398
Acide silicique	0,0400
Acide sulfurique	0,0223
Acide phosphorique	traces
Acide arsenique	traces
Chlore	0,0240
Fluor	traces
Potasse	0,0307
Soude	0,1067
Chaux	0,1736
Magnésie	0,0623
Protoxyde de fer	0,0030
Protoxyde de manganèse	traces
Protoxyde de cuivre	traces
Protoxyde de lithine	traces
Ammoniaque	0,0003
Total	1,6027

Analyse calculée pour un litre d'eau.

Bicarbonate de soude	0,1583
Bicarbonate de potasse	0,0594
Bicarbonate de chaux	0,4446
Bicarbonate de magnésie	0,1961
Bicarbonate de lithine	traces
Bicarbonate de manganèse	traces
Carbonate d'ammoniaque	0,0005
Chlorure de sodium	0,0220
Fluorure de calcium	traces
Sulfate de soude	0,0395
Silice	0,0400
Bicarbonate de fer	0,0067
Bicarbonate de cuivre	traces
Phosphate de chaux	traces
Arséniate de chaux	traces
Total	0,9671

CHAPITRE V

MODE D'ADMINISTRATION DES EAUX

 omme le mode d'administration des eaux joue un grand rôle dans les effets produits, il est prudent d'abord de ne pas abuser sans conseils de leurs vertus thérapeutiques, car de l'excès du bien peu parfois résulter un grand mal.

En second lieu, il est indispensable de bien définir quelle nature d'affection elles ont à combattre pour les administrer, de manière à ce que leur action s'exerce soit sur l'économie intérieure, soit directement sur certains organes ou tissus ayant besoin d'être modifiés.

Dans le premier cas, les eaux sont prises en boissons; dans le second, elles sont administrées en bains. Ces deux modes sont avec juste raison appelés essentiels.

Les autres, dont le nombre tend tous les jours à s'accroître et à usurper une faveur qu'ils ne méritent peut-être pas (douches, pulvérisations, inhalations), sont appelés moyens accessoires.

En effet, ils ne remplacent jamais la boisson ou le bain; tout au plus peuvent-ils être considérés comme adjuvants préparatoires ou correctifs de l'une ou des autres.

Le champ de leur application est infiniment plus restreint qu'on ne le suppose. L'inhalation thermale se rapporte essentiellement aux

4

eaux sulfureuses et ses effets ne dépassent guère les canaux bron-
chiques ; la vaporisation moins encore que la pulvérisation porte,
il est vrai, les principes médicamentaux sur de larges superficies
mais dépourvue de toute force de projection.

Elles ne sauraient exercer guère d'action résolutive et les services
trop limités qu'elles rendent ne peuvent être, en aucune manière,
assimilés à ceux du bain et de la boisson.

Pour faire un peu la part de l'engouement, plusieurs Etablissements
thermaux, parmi même les plus en renom, ont donné au traitement
hydrothérapique une grande importance, au préjudice du traitement
thermal et surtout des malades.

La où le traitement thermal est impuissant, l'hydrothérapie restera
infructueuse pour ne pas dire plus.

A l'appui de ce sentiment et pour conserver aux eaux thermales
leur supériorité, M. le Dr Durand Fardel déclare ceci : « Si l'on venait
à abandonner un agent aussi puissant et aussi inimitable que le bain
thermal pour des agents secondaires dans l'espèce et banaux dans ce
sens qu'ils peuvent être reproduits partout, j'affirme que l'on suivrait
une pratique mauvaise et propre à compromettre la médication thermale toute entière. »

Pour les eaux administrées en boissons, il n'y a pas de système
particulier d'application ; leur emploi résulte des affections diverses
contre lesquelles elles sont employées ; leur vertu réside dans les
principes qui les constituent, aussi dans leur thermalité.

A ce sujet, il n'est pas bon et il est même souvent fort nuisible que
ces eaux soient à une température élevée ; au-dessus de celle du sang,
elles peuvent amener de graves perturbations, et si on les laisse
refroidir pour qu'elles puissent être absorbées sans danger, elles per-
dent une partie essentielle de leurs qualités.

La température moyenne du sang est celle qui donne d'habitude les
meilleurs résultats, à moins que dans certains cas l'eau froide ne soit
ordonnée ; mais faut-il toujours que la source la donne naturellement
à cette basse température.

Les buvettes de Lamalou-le-Haut sont dans ces conditions particulièrement favorables.

Plusieurs systèmes sont adoptés pour l'administration des bains ; peut-être a-t-on eu tort pour chercher un perfectionnement de procéder du simple au composé, tel est du moins l'avis à très peu près général des spécialistes qui font autorité.

En ceci, il ne faut pas oublier qu'il s'agit des bains au point de vue thérapeutique. Le Dᵣ Durand Fardel que nous aimons à citer appelle excellemment « *idéal* » le bain thermal à eau courante ; mais il ne peut être réalisé que près des sources très abondantes et dont la température se rapproche de celle appelée « *indifférente* » qui de 30 à 35° est réputée la meilleure.

Lamalou-le-Haut offre cet avantage peu commun.

Ce bain ne peut être pris qu'en piscine pour produire son maximum d'action. C'est ainsi qu'il est recommandé par les médecins et préféré par les malades qui ont pu, par comparaison, en éprouver les effets.

M. le Dᵣ Patissier, homme compétent et d'une expérience hors ligne, s'exprime ainsi à ce sujet : « En général, les bains de piscine nous paraissent préférables au point de vue thérapeutique ; une délicatesse exagérée a multiplié les baignoires, mais l'art y a perdu en beaucoup de cas. »

Le bain dans une eau courante et *tempérée* a certainement plus d'efficacité que dans une baignoire, dont l'eau se refroidit rapidement et dans laquelle on éprouve, malgré les plus grandes précautions, des alternatives inévitables de froid ou d'une chaleur trop forte ; les mouvements sont gênés dans une baignoire étroite.

Les piscines n'ont aucun de ces inconvénients. L'eau en est constamment maintenue à la même température ; elle ne peut pas se refroidir, parce qu'elle est continuellement renouvelée par des courants d'eau afférents et déférents ; les principes minéralisateurs doivent, à raison de ce renouvellement continuel, se présenter en plus grande abondance, être absorbés en plus grande quantité et exciter d'une manière plus continue.

Dans les piscines, on respire un air humide chargé de calorique, des principes volatiles des eaux, et constamment entretenu dans les mêmes conditions.

Ici le remède pénètre dans l'économie par toutes les voies... Dans une baignoire, l'ennui et les idées tristes assiègent celui qui n'y fait pas diversion par la lecture ; tandis que dans les piscines, la conversation est ordinairement gaie, amusante et variée... les malades guérissent en s'amusant, en passant leur temps agréablement.

A ces précieux avantages du bain en piscine sur tous les autres, se joint la liberté d'action que conserve le baigneur ; bien souvent elle a dans une proportion notable contribué au succès du traitement.

Les préventions contre ces bains pris en commun ont pu avoir, autrefois, jusqu'à un certain point, leur raison d'être; elles sont encore un peu légitimées dans plusieurs Etablissements.

Les baigneurs de Lamalou-le-Haut n'ont plus à venir se plonger dans le bassin naturel formé par la source même, dont les eaux bientôt troublées excusaient, il faut le dire, un certain sentiment chez les personnes délicates.

Les promiscuités qui, avec ces éléments par trop primitifs, étaient inévitables, ne sont plus à craindre aujourd'hui.

A Lamalou-le-Haut, de vastes et belles piscines aux parois de marbre ont remplacé les excavations marécageuses des sources, en conservant toutefois complets leurs effets thérapeutiques, car l'eau émerge directement dans ces piscines et, ainsi que nous l'avons dit, s'y renouvelle constamment comme dans la source même.

Les dames et les hommes ont leurs piscines spéciales pour les bains pris en commun; les baigneurs y trouvent, avec le confort, l'agrément d'une distraction utile et l'inestimable avantage de la liberté du mouvement si favorable à l'action des eaux thermales; en outre de ces piscines, qui sont comme les annexes des salons de conversation de l'hôtel, l'Etablissement en possède de plus réduites pour familles et tient en outre à la disposition des baigneurs un nombre considérable de baignoires parfaitement aménagées.

CHAPITRE VI

ACTION THÉRAPEUTIQUE DES EAUX

MALADIES AUXQUELLES ELLES S'APPLIQUENT

u moins d'une manière générale, l'énergie thérapeutique et la spécialisation des eaux de Lamalou-le-Haut peuvent être déduites de l'exposé qui précède. On comprendra facilement qu'avec leur faible thermalité, leur minéralisation, qui contient du fer en parfait état de dissolution, uni au manganèse et à l'arsenic, et rendu très assimilable par son association avec des sels alcalins et une grande quantité d'acide carbonique libre, elles aient une action à la fois reconstituante et calmante.

Elles sont, en effet, essentiellement toniques et reconstituantes par leur composition chimique, qui permet d'instituer par leur moyen une médication ferrugineuse et arsenicale que l'on peut doser à volonté, grâce au nombre et à la variété des sources dont on dispose. D'autre part, avec leur température naturelle peu élevée, avec la proportion considérable d'acide carbonique libre et de métaux divers qu'elles tiennent en dissolution dans les bassins même où elles sont employées, elles constituent une médication balnéaire dont les effets sédatifs ne sauraient être mis en doute (1).

Depuis quarante ans, des faits nombreux viennent à l'appui de ces assertions.

Voici ce qu'écrivait, à ce sujet, M. le Docteur Lombard, professeur-Agrégé à la Faculté de Médecine de Montpellier (2), dans une notice qui date de 1851; le récit qui rend compte de ses impressions personnelles, peint avec une grande fidélité les sensations que l'on éprouve durant le bain et auxquelles se rattache une partie des effets curatifs produits par les eaux : « En général, dit-il, ceux qui se plongent dans l'eau de la piscine, éprouvent en y entrant une sensation de fraîcheur et quelquefois une sorte de frissons variables suivant les dispositions ou le tempérament du baigneur. A cette impression plus ou moins désagréable succède, au bout de quelques minutes, une chaleur douce, universelle, avec laquelle la respiration, un peu gênée d'abord, s'exécute complètement et facilement. Bientôt un picotement accompagné de chaleur vive et âcre se fait sentir sur certains points de la surface cutanée, principalement aux membres et autour des articulations, sensation qui s'apaise peu à peu après un temps plus ou moins long. C'est alors qu'un sentiment de fraîcheur et de bien-être se produit à l'intérieur de tout l'organisme. « J'ai, moi-même, éprouvé un si puissant et si prompt soulagement de ces bains et des eaux de la source du Petit-Vichy prises à l'intérieur, que je ne puis m'empêcher d'en dire ici quelques mots : » En juillet 1845, à la suite d'une affection rhumatismale des plus terribles, qui avait porté son action non seulement sur les articulations, mais aussi sur les reins, les intestins et la vessie, j'étais tombé dans un tel état de délabrement que je ne pouvais ni me tenir debout, ni faire la digestion des moindres aliments, après même que les soins éclairés et affectueux de MM. Golfin et Bertrand avaient dissipé toute douleur et amené un commencement de convalescence.

En cet état, je partis pour Lamalou dans une voiture, choisie de manière à ce que je pusse y rester allongé. Arrivé à destination, je fus porté dans ma chambre où je pris un jour de repos. Le surlendemain, j'entrais dans la piscine avec

---

(1) De la Métallothérapie balnéaire à propos d'une visite aux bains de Lamalou (Hérault), par M. le Docteur Barety, ex-interne des Hôpitaux, Lauréat de la Faculté de Médecine de Paris. (Nice, 1879).

(2) Notice sur les eaux des diverses sources de Lamalou et des environs. (Montpellier, 1851).

l'haleine brûlante, pouvant à peine me soutenir et mon pouls donnant 110 pulsations par minute. J'éprouvai tous les effets que je viens de mentionner plus haut, et, en outre, par intervalle, des frissons assez violents pour faire trembler tous mes membres mais très passagers; à mesure que le bain se prolongeait, il me semblait que je me trouvais plus fort et plus tempéré. J'en sortis au bout de 35 minutes. Quel ne fut pas mon étonnement quand je vis que je montais assez facilement l'escalier de la piscine, que mon haleine n'était plus brûlante, mais fraîche, et que mon pouls ne donnait plus que 85 pulsations par minute. La digestion de quelques aliments s'opéra facilement ce jour-là, et le sommeil, que j'avais presque complètement perdu depuis longtemps, fut excellent dans la nuit.

« Après quelques semaines, je n'étais plus le même être, et au grand étonnement de ceux qui m'avaient vu dans un état pitoyable à mon arrivée, je courais la campagne, je gravissais les collines et supportais, sans trop de fatigue, d'assez longues promenades. »

ette observation montre que les eaux de Lamalou-le-Haut conviennent dans le rhumatisme. Les manifestations de cette affection, qui sont le plus heureusement modifiées par elles, sont les formes torpides du rhumatisme articulaire chronique, les névralgies rhumatismales et les rhumatismes qui frappent les organes intérieurs. On comprend en effet que leur action sédative et reconstituante, en même temps qu'antirhumatismale, les fasse préférer quand la maladie atteint des sujets lymphatiques, profondément débilités, et chez lesquels l'éréthisme nerveux est plus ou moins prononcé. Il en est de même quand la maladie siège sur des organes importants, comme l'estomac, le cœur ou les centres nerveux, cas dans lesquels il est bon d'éviter aux malades la perturbation générale qui suivrait l'emploi d'eaux à thermalité et à minéralisation plus considérables. Voici quelques exemples de chacun de ces cas :

1º. *Rhumatisme articulaire avec gastralgie et iritis.* — M. H..., horloger à Montpellier, âgé de trente-quatre ans, a une constitution délicate et un tempérament nerveux-lymphatique. — A l'âge de vingt-cinq ans, première atteinte d'arthrite rhumatismale. — Depuis lors, récidives nombreuses. — En 1874, il éprouve une nouvelle atteinte très violente. L'articulation du coude droit est la première envahie ; les autres se prennent successivement. Après deux mois apparaît une gastralgie qui coïncide avec une diminution de l'état aigu des arthrites. Peu après il éprouve une céphalalgie frontale et pariétale très intense ; les tissus fibreux péricrâniens paraissent être le siège de la maladie. — Iritis à l'œil droit dont la vue est compromise. Au mois de juillet, le malade vient à Lamalou-le-Haut ; à son arrivée, les articulations sont encore engorgées et douloureuses. Les digestions sont difficiles, et s'accompagnent souvent de céphalée ; la vue de l'œil droit est trouble. Il y a de la pâleur, de l'amaigrissement et un délabrement considérable de l'économie. (Bains de piscine, eau du Petit-Vichy aux repas, eau de Capus dans l'intervalle). A la fin de la cure, qui dura vingt-cinq jours, les engorgements articulaires avaient notablement diminué, les digestions s'opéraient facilement, la céphalée avait cessé, et, en même temps, on observait une grande amélioration dans l'état général des forces. Le malade revient à la fin de septembre et fait une nouvelle cure de quinze bains, qui produit aussi d'excellents résultats. Les deux années suivantes nouveaux traitements thermaux ; à la fin de cette dernière année, la guérison était complète et elle s'est maintenue jusqu'à aujourd'hui.

2° *Rhumatisme articulaire.* — *Diathèse urique.* — M. X..., Trésorier-Payeur-général ; — 47 ans ; — constitution assez forte, tempérament lymphatico-nerveux. — Depuis l'âge de 37 ans, il a eu de fréquentes attaques de rhumatisme articulaire aigu ; les arthrites, qui ont surtout frappé les genoux et les petites articulations des pieds et des mains, tendent à passer à l'état chronique. — A trois reprises, les poussées aiguës ont été précédées par des coliques néphrétiques avec expulsion de petits graviers d'urate de chaux. En dehors des crises, le malade éprouve souvent du lumbago, de la dyspepsie, avec digestions douloureuses et flatuosites. — Traitement à Vichy, pendant deux années consécutives, à la suite duquel le malade éprouve une notable amélioration des troubles digestifs, — pas de changement pour ce qui regarde les arthrites. Quelques années plus tard, nouvelle crise d'arthrite rhumatismale aiguë très intense à la fin de Mai et par un temps très chaud. Le malade arrive à Lamalou-le-Haut le 16 Juillet; les articulations sont encore engorgées, les mouvements sont difficiles et douloureux ; le lumbago est presque continuel ; sa langue est saburrale, il y a de la dyspepsie; les urines sont rares et rouges. Après 18 bains, 14 douches sur les genoux et l'usage de l'eau du Petit-Vichy à l'intérieur, l'amélioration est très notable. Les articulations ont sensiblement diminué de volume. Les mouvements des membres s'opèrent avec plus de facilité et sans douleur. En Septembre, quand le malade revient, il paraît guéri et ne présente plus qu'un léger engorgement de malléoles que le traitement fait rapidement disparaître.

3° *Rhumatisme articulaire.* — M. X..., Percepteur des contributions. — Tempérament sanguin, constitution très vigoureuse, a eu souvent des douleurs erratiques et de la céphalalgie avec sensation de pesanteur au front, qu'il attribue à sa vie trop sédentaire. Par une soirée du mois de Juillet, il reste endormi pendant plusieurs heures sur une terrasse ; il s'éveilla avec des frissons et une lassitude générale extrême. Le lendemain, fièvre intense avec courbature, et, deux jours après, le rhumatisme envahissait les genoux, puis, successivement, toutes les articulations et les masses musculaires des régions dorsale et cervicale. Vers le 25 Août, le malade se fait porter à Lamalou-le-Haut ; les genoux et les malléoles sont encore volumineux, les mouvements des membres ainsi que ceux du tronc sont douloureux et difficiles ; il y a de l'insomnie et un éréthisme nerveux des plus considérables. Après 16 bains, l'amélioration est très sensible. A son départ, le malade pouvait faire sans fatigue une courte promenade, les articulations avaient notablement diminué de volume, le sommeil était bon, l'éréthisme nerveux avait disparu. L'année suivante, pas de récidive d'arthrite, mais seulement quelques douleurs vagues aux changements de temps ; nouvelle cure thermale. Sa guérison paraît complète ; elle ne s'est pas démentie jusqu'à l'époque à laquelle M. X... a fait son dernier traitement à Lamalou-le-Haut. Dans ce cas, c'est l'action sédative des eaux et leur faible thermalité qui les fit préférer, car le malade, très sanguin et souvent atteint de céphalalgie, redoutait une congestion vers la tête.

Cet exemple et mille autres prouvent l'excellence de la thermalité des sources de Lamalou-le-Haut.

4° *Rhumatisme articulaire. — Dyspepsie et gastralgies consécutives.* — M. X..., négociant, est âgé de 43 ans, son père a eu des rhumatismes, et il a lui-même une fille qui fera l'objet d'une des observations suivantes. Il a une constitution faible et un tempérament bilioso-nerveux. A 29 ans, il a eu une première atteinte d'arthrite rhumatismale. Depuis cette époque, il éprouve assez fréquemment des douleurs vagues, mais sans récidive d'arthrite. En mars 1875, nouvelle atteinte de rhumatisme articulaire aigu très intense. Après deux mois, l'arthrite disparaissait peu à peu, lorsqu'il fut pris, sans cause appréciable, de dyspepsie avec crises de gastralgie accompagnées de vomissements alimentaires et plus tard de vomissements bilieux. Cet état durait encore au mois d'Août, époque où le malade se décide à venir à Lamalou-le-Haut. Il présenta encore de l'engorgement autour des malléoles, des douleurs aux épaules qui s'accroissent sous l'influence des mouvements. La dyspepsie persiste, les attaques de gastralgie avec vomissements sont cependant plus rares et moins intenses qu'en juillet. L'éréthisme-nerveux est extrême, l'insomnie est presque constante. Les bains de piscine, l'eau du Petit-Vichy aux repas, plus tard l'usage de l'eau de Capus amenèrent une amélioration graduelle qui était très prononcée à la fin du traitement. L'engorgement des malléoles avait disparu, le sommeil était revenu, l'éréthisme nerveux était calmé. En 1876, nouvelle cure. De même en 1877 ; pendant ces deux ans, l'affection rhumatismale n'a pas reparu.

5° *Rhumatisme articulaire chronique invétéré.* — M. X... a 35 ans, la taille élevée, la constitution forte, et un tempérament très lymphatique. En 1872, première atteinte d'arthrite rhumatismale siégeant d'abord aux genoux, puis aux pieds, puis enfin envahissant peu à peu toutes les articulations. Elle est suivie de douleurs vagues, sans enflure, qui durent pendant quelques mois. De 1873 à 1878, santé parfaite. En 1878, nouvelle crise d'arthrite aiguë, avec tendance à passer à l'état chronique. Les articulations restent volumineuses, mais les mouvements et l'exercice sont possibles. — Cure à Vichy, qui reste sans résultats. — Cet état persistant, le malade va faire un traitement à Amélie-les-Bains, en Septembre 1879. Sous l'influence des eaux, l'arthrite passe à l'état aigu, et leur usage doit être suspendu. Au mois d'octobre, M X... se voit obligé de garder le lit ; les genoux, les coudes, les petites articulations des pieds et des mains sont le siège d'un engorgement considérable. Les mouvements, de plus en plus difficiles, sont très douloureux. Le rhumatisme a envahi les masses musculaires du cou, du dos, des épaules et des lombes, de sorte que le malade ne peut faire le moindre mouvement sans provoquer de la douleur. Toutes les médications échouent sans l'emploi combiné du fer et de l'hydrothérapie, qui procurent quelque soulagement.

A la fin d'avril 1880, il se fait porter de son lit à la campagne, et se contente pour tout traitement, de se faire exposer aux rayons du soleil tous les jours, pendant quelques heures. Il arrive à Lamalou-le-Haut le 1er juin. Son visage et ses mains, brûlées par le soleil, contrastent avec la décoloration générale de la peau du tronc et des membres. Les genoux, très volumineux, sont le siège d'une hydarthrose assez considérable. Les petites articulations des pieds et des mains sont très engorgées, surtout celle du pouce de la main droite. Il y a une tuméfaction considérable des attaches du tendon d'Achille au calcanéum, et une douleur extrêmement vive y est éveillée, soit par la pression soit au moindre mouvement. Les mouvements sont, du reste, si pénibles et si douloureux, que le malade ne peut ni se tenir debout, ni faire quelques pas, ni se mouvoir dans son lit sans le secours de plusieurs aides. La dispepsie est extrême, il vit presque exclusivement de lait et de potages. Les bains de piscine sont bien supportés ; après le dixième, M. X... peut marcher avec des béquilles. L'amélioration va en progressant jusqu'à la fin de la cure, qui comprend 25 bains. Les petites articulations des mains sont presque revenues à l'état normal. Le malade peut écrire, il peut mouvoir ses membres et changer de position dans son lit sans amener de douleur. Le sommeil et l'appétit sont bons, les forces sont largement reconstituées.

Nouvelle cure au mois d'octobre. Depuis le mois de juillet, l'amélioration n'a fait que s'accroître. Le malade fait des promenades de plus de 2 kilomètres; l'hydarthrose des genoux a complètement disparu ; le calcanéum et le tendon d'Achille sont encore douloureux à la pression, et, dans les mouvements exagérés; il y a encore, de temps en temps, du lumbago ; mais, en dehors de ces symptômes, la guérison est complète, et depuis ce nouveau traitement, M. X... a repris sa vie et ses travaux ordinaires.

 n peut voir, par cet exemple, combien les *hydarthroses de nature rhumatismale* peuvent être rapidement guéries par l'usage des eaux. M. le Docteur Boissier en cite un cas dans sa thèse (Observation N° 17); mais, le suivant, est encore plus intéressant.

6° *Hydarthrose aux deux genoux.* — M. X..., de Marseille, arrive à Lamalou-le-Haut avec une hydarthrose très volumineuse des deux genoux. Les vésicatoires répétés, le repos forcé n'ont produit aucun effet appréciable, mais ils ont amené un affaiblissement considérable avec état anémique et éréthisme nerveux des plus prononcés. 8 bains de la Source Chaude, 10 bains de la Source Tempérée, 14 douches en arrosoir sur les articulations du genou, et l'usage de l'eau du Capus à l'intérieur durant un mois, ont amené la résolution complète des articulations. L'année suivante, M. X... revient à Lamalou-le-Haut pour combattre les restes d'une anémie persistante : ses genoux sont restés parfaitement guéris.

7° *Hydarthrose du genou gauche.* — Le même mode de guérison fut observé chez M. X..., négociant de Lodève, venu souvent à Lamalou-le-Haut pour y soigner des rhumatismes articulaires, et qui fut guéri d'une hydarthrose du genou gauche, laquelle avait résisté durant trois mois à toutes les médications employées.

8° *Rhumatisme articulaire avec endocardite.* — Mlle X..., de Nîmes, a 12 ans, une constitution chétive, un tempérament très lymphatique. Dans son enfance, elle a eu de l'impétigo et des adenites de nature strumeuse. Pendant une cure de bains de mer, elle éprouve une première crise d'arthrite rhumatismale aiguë. — L'hiver suivant, nouvelle atteinte. — Elle arrive à Lamalou-le-Haut vers le 25 juillet de cette même année. Les genoux sont encore tuméfiés, mais indolores. Il y a des douleurs erratiques et une douleur fixée à l'épaule droite, dont les mouvements sont difficiles et restreints. — Bruit de souffle intense et rude au premier temps. — Le cœur, hypertrophié, soulève à chaque systole la paroi thoracique maigre et peu développée. — Palpitations fréquentes accompagnées de dyspnée. — Le pouls donne de 95 à 108 pulsations. — Grande faiblesse générale. — Appétit presque nul depuis les chaleurs. — Sommeil insuffisant et souvent interrompu.

Le bain est bien supporté ; le pouls baisse, pendant l'immersion et pendant les deux heures qui la suivent, de 8 à 10 pulsations. A la fin de la cure, l'engorgement des genoux avait sensiblement diminué ; la douleur de l'épaule a disparu. Le sommeil est plus réparateur ; l'appétit s'est peu à peu développé, et l'état général des forces est sensiblement amélioré. L'année suivante, pas de récidive d'arthrite ; l'enfant s'est développée beaucoup plus que durant l'année précédente. Pendant sept ans, Mlle X... a fait une cure annuelle à Lamalou-le-Haut. Elle a été réglée à l'âge de seize ans. Déjà, à cette époque, l'état du cœur était sensiblement modifié. Le bruit de souffle, devenu de plus en plus doux, avait fini par disparaître : il était à peine perceptible trois ans après. Ces traitements répétés avaient empêché les récidives rhumatismales ; d'autre part, par leur effet reconstituant, ils avaient favorisé le développement de la jeune malade et la résorption des concrétions valvulaires. Mariée à l'âge de vingt-trois ans, elle est toujours d'une faible constitution, mais sa santé ne laisse rien à désirer, et elle n'a plus eu d'atteintes de rhumatisme.

9° *Rhumatisme articulaire avec endocardite.* — La même affection, avec localisation cardiaque pareille, nous est présentée par la fille du malade qui fait l'objet de l'observation n° 5. De neuf à douze ans, elle a eu de fréquentes récidives d'arthrite rhumatismale, sans qu'il y ait eu passage à l'état chronique. Durant une de ces crises, il y a eu endocardite, avec localisation, sur les valvules aortiques, qui ont été le siège d'exsudats, aujourd'hui en voie de résorption. De 1872 à 1879, cette jeune malade a fait, tous les ans, une cure à Lamalou-le-Haut. Elle a beaucoup grandi et sa constitution, sans être vigoureuse, s'est beaucoup modifiée. Depuis 1874, elle n'a plus eu de récidives rhumatismales, et l'état du cœur s'est sensiblement amélioré.

10° *Rhumatisme articulaire, endocardite, mouvements chroniques.* — Il en a été de même pour le jeune X..., qui présente une localisation cardiaque avec rhumatisme articulaire et mouvements choréiques très prononcés. Venu pour la première fois à Lamalou-le-Haut, à neuf ans, en 1874, il n'a pas cessé d'y faire une cure annuelle jusqu'en 1880. La chorée, qui disparut dès la première cure, a souvent récidivé jusqu'en 1878 ; mais toujours elle s'est montrée plus légère et par périodes toujours plus courtes. Les récidives d'arthrite rhumatismale ont été rares. L'exsudat, qui gênait le jeu des valvules, tend à disparaître. L'enfant s'est beaucoup développé et paraît aujourd'hui jouir d'une bonne santé. Il présente encore parfois de petits mouvements choréiques dans les muscles de la face.

11° *Rhumatisme articulaire, péricardite.* — M. X..., de Paris, quatorze ans, — constitution vigoureuse; tempéramment lymphatique. En hiver 1861, au Lycée Louis-le-Grand, rhumatisme articulaire aigu qui le tient deux mois au lit ; — péricardite.

Le docteur Barthès l'envoie à Lamalou-le-Haut, au mois d'août de la même année. A son arrivée, il y a encore un peu d'empâtement autour des malléoles et des genoux ; rien aux membres supérieurs. A la percussion, on constate un léger degré d'hypertrophie cardiaque. L'auscultation fait entendre un bruit de frottement qui coïncide avec le choc de la pointe du cœur. — Peu d'appétit ; affaiblissement général assez notable. Les bains sont très bien supportés ainsi que l'eau de Capus. A la fin de la cure, l'empâtement périarticulaire a disparu, l'état des forces est sensiblement amélioré ;·aucune modification du côté du cœur. En 1862, pas de récidive de rhumatisme ; le jeune malade revient à Lamalou-le-Haut, le cœur a repris les dimensions normales ; le bruit du frottement est à peine perceptible. En 1872, il revient pour accompagner un membre de sa famille. Il a fait sans trop de fatigue et sans récidives rhumatismales la campagne de 1870 ; il présente tous les signes d'une forte constitution et d'une vigoureuse santé.

'action reconstituante des eaux, dans tous ces cas, comme cela a eu lieu pour·la malade citée au N° 8, a joué un rôle très important à côté de leur action antirhumatismale, en favorisant le développement des enfants et la résorption des exsudats. La faible thermalité des eaux et leur minéralisation peu considérable ont permis d'obtenir ces résultats sans amener une excitation thermale, qui eût été préjudiciable pour les localisations cardiaques.

Dans les observations qui vont suivre, on s'adressera surtout à l'action sédative des eaux. Ici, en effet, le rhumatisme aura pour siège le tissu nerveux; soit des nerfs périphériques, soit des centres nerveux eux-mêmes.

12° *Sciatique.* — J. F..., de Pierre-Ségade, a 30 ans, une forte constitution, un tempérament très lymphatique. Il a eu à plusieurs reprises, des atteintes de rhumatisme articulaire. Pris d'une douleur vive à l'épaule gauche ; — névralgie intercostale ; — gastralgie avec vomissements et irritation marquée de l'estomac. — Au mois d'octobre de cette première année, sous l'influence d'un refroidissement, douleur vive, siégeant sur le trajet du nerf sciatique gauche. — Le malade garde le lit ; après vingt jours, la douleur se fixe sur le nerf sciatique droit. Elle y reste fixée jusqu'en juin suivant, avec des alternatives de douleur très aiguë et de calme relatif. Durant tout ce temps, il n'y a pas eu de crises de gastralgie, mais le malade a gardé le lit ou la chambre. En Juin on le porte à Lamalou-le-Haut. Après quelques bains, la douleur diminue d'intensité, le sommeil revient, quelques mouvements sont possibles. Au douzième bain, il peut marcher quelques pas sans aide. La sédation déjà obtenue permet l'emploi de la douche. — Départ des eaux, après 17 bains et 7 douches, avec une très sensible amélioration. — Retour le 10 Septembre, — nouvelle cure de 14 bains et 10 douches. La douleur à disparu et ne revient que de temps en temps sous l'influence d'un changement de temps ou d'un effort considérable du membre. Durant l'hiver, pas de récidives; la douleur n'a reparu qu'à des intervalles de plus en plus rares. Au mois de Juin de l'année suivante, nouvelle cure; la guérison paraît parfaite.

13° *Sciatique.* — Joseph B..., de Loupian, cultivateur, forte constitution, tempérament lymphatico-sanguin, très sujet à contracter des lumbagos, sous l'influence du froid. En Octobre 1871, il est pris, en travaillant aux champs, par un vent très froid, d'une vive douleur sur le côté droit de la région lombaire. Cette douleur s'irradie bientôt dans la cuisse. Après quelques jours, elle devient de plus en plus intense et occupe tout le trajet du nerf sciatique. Pendant huit mois, elle tient le malade au lit ou dans la chambre, résistant à toutes les médications, se calmant parfois pour reprendre bientôt avec une nouvelle intensité. En Juin 1872, B..., arrive à Lamalou-le-Haut. Il est très affaibli ; l'éréthisme nerveux est extrême. La douleur, supportable pendant le jour, se réveille à chaque mouvement et devient très intense lorsqu'il appuie la jambe pour marcher ; la nuit, elle se développe spontanément par la chaleur du lit et amène une insomnie des plus fatigantes. L'effet sédatif du traitement se fait sentir presque dès le début par la diminution de la douleur nocturne et le retour du sommeil. Après une recrudescence de douleur assez vive vers le huitième bain, l'amélioration se prononce graduellement et sans interruption jusqu'à la fin de la cure. En quittant les eaux, le malade pouvait marcher plus de cent pas sans le secours d'aucun aide et sans réveiller la douleur. Un mois après, il paraissait guéri. Il revient à Lamalou en Juin 1873 ; la guérison avait persisté.

14° *Sciatique.* — Il en a été de même pour M. V..., de Cette, qui, en Février 1880, fut saisi par le froid en travaillant à décharger un navire. Il eut de la courbature, des frissons, de la fièvre, un lumbago, puis une douleur très vive le long de la cuisse droite, sur le trajet du nerf sciatique ; dix-sept jours après, la douleur passe au côté gauche et envahit le membre tout entier. La douleur persiste avec des alternatives de sédation et d'aggravation jusqu'au mois de Juin. En Juillet, V... vient à Lamalou-le-Haut. Les premiers bains amènent une surexcitation douloureuse assez marquée, à laquelle participe le membre inférieur droit ; cependant, peu à peu la sédation se produit, et, à la fin du traitement, qui se compose de 23 bains et de 12 douches, la douleur est si faible, que le malade peut marcher et rester au lit la nuit, sans la voir s'exaspérer. Deux mois après, la guérison paraissait obtenue et le malade avait repris son travail.

15° *Névralgie faciale.* — Mme X..., de Toulouse, a 44 ans, une forte constitution, un tempérament lymphatique. De 20 à 35 ans, elle a eu plusieurs atteintes d'arthrite rhumastimale. Depuis l'âge de 35 ans, elle a des migraines assez fréquentes. Après un refroidissement, elle est prise de névralgie faciale du côté gauche. Les vésicatoires ont exaspéré la douleur, qui résiste pendant quatre mois à tous les moyens mis en usage pour la combattre. Sa névralgie devient périodique et cède pendant quelque temps à l'emploi du sulfate de quinine ; mais elle reparaît toujours après quelques semaines et dure de huit à dix jours, revêtant souvent la forme périodique. La malade vient à Lamalou-le-Haut, en Juillet 1866, et obtient une amélioration très sensible par une première cure. A la fin de Septembre, la douleur cesse et ne reparaît qu'en Avril 1867 ; — Nouvelle cure au mois de Juin de cette année ; — pas de récidive en 1868. En 1869, dernière cure ; la guérison est confirmée.

16° *Névralgie faciale avec paralysie.* — Mme X... a 62 ans, une faible constitution, un tempérament bilioso-nerveux. Elle a éprouvé à diverses reprises des atteintes de rhumatisme articulaire et musculaire. En Septembre 1866, à la suite d'un refroidissement, elle est prise de courbature, de fièvre et de douleurs dans tous les membres. Ces douleurs cessent brusquement et sont remplacées par de vives douleurs intestinales avec diarrhée catarrhale. Après cinq jours, les symptômes disparaissent peu à peu, et Mme X... est saisie par une névralgie faciale gauche très intense. La douleur dure une huitaine de jours, diminuant peu à peu, et laisse après elle une paralysie qui a tous les signes caractéristiques de la paralysie de Bell et qui résiste à tous les traitements employés jusqu'au mois de Mars 1867. A cette époque, sous l'influence de l'électricité, il paraît y avoir une légère amélioration ; mais une fois cette amélioration obtenue, la maladie devient stationnaire ; elle persistait encore au mois de Juin, époque où Mme X... arrive à Lamalou-le-Haut.

Elle est très affaiblie et profondément anémiée. Après 10 bains, l'emploi des douches locales amène un commencement d'amélioration ; la paupière du côté paralysé peut s'abaisser et l'œil rester fermé. A la fin de la cure, l'état général des forces était très satisfaisant; les lèvres seules, l'inférieure surtout, étaient encore à peu près immobiles. A la suite du traitement thermal, la maladie diminua graduellement, et, quelques mois après, il ne restait plus que de la torpeur dans les mouvements de la commissure des lèvres. On a pu constater dans les nouvelles cures faites par la malade, en 1868, 1869, et 1870, que sa guérison s'était maintenue.

17° *Rhumatisme cérébral.* — M. S..., de Munster (Alsace), 47 ans, forte constitution, tempérament lymphatique, a eu de nombreuses atteintes de rhumatisme articulaire dont la première remonte à l'adolescence. Il a usé de différentes eaux minérales, notamment de celles d'Aix-en-Savoie, en 1858 et 1859, et de celles de Balaruc, en 1861. Déjà, à cette époque, une certaine torpeur des fonctions cérébrales avait accompagné l'arthrite rhumatismale. En Février 1862, à la suite de travaux intellectuels excessifs et d'une exposition au froid humide, il y a gonflement sans fièvre, et avec une douleur médiocre du genou et de la malléole droite. Quelques jours plus tard, apparaissent les symptômes d'une paralysie faciale, et, bientôt après, on vit se manifester les signes de la forme apoplectique du rhumatisme cérébral. Quelques semaines après que les accidents graves se furent calmés, le malade vint à Lamalou, vers le milieu du mois d'Août 1862. L'amaigrissement était considérable, la sclérotique jaune, la peau terreuse et décolorée, les forces très déprimées, les fonctions cérébrales frappées de torpeur. Le malade ne pouvait ni lire ni fixer son attention. La conversation est très pénible, même pour quelques instants. Dès qu'il se met debout ou qu'étant dans le lit, il se met sur son séant, il est pris d'une sensation de vertige accompagnée, le plus souvent, de nausées et de vomissements bilieux ou alimentaires, suivant l'état de plénitude ou de vacuité de l'estomac. Dans toute la moitié gauche de la face, il y a paralysie de la sensibilité et parésie des mouvements. La moitié gauche de la langue, qui participe à la paralysie de la sensibilité, est couverte d'un enduit saburral. Les liquides s'échappent de la bouche par la commissure gauche des lèvres. L'appétit est nul; un peu de bouillon, de lait, et quelques aliments solides son péniblement digérés et souvent vomis. Le malade ne peut ni stationner ni faire quelques pas sans le secours de deux aides, car il serait pris de vertige et tomberait. Les bains de la Source Tempérée, d'une durée de quelques minutes seulement, sont assez bien supportés, ainsi que l'eau du Petit-Vichy à l'intérieur; une amélioration légère, mais progressive, se produit après 7 ou 8 bains.

Après une cure de quarante-cinq jours, qui se composa de 24 bains, il y avait un mieux sensible : M. S... pouvait digérer quelques aliments; les sensations de vertige avaient très notablement diminué; les vomissements ne se produisaient plus que très rarement. A la face, la parésie motrice avait cédé dans une large mesure, mais la paralysie de la sensibilité n'avait été que très peu modifiée. Le malade pouvait faire seul une vingtaine de pas, il pouvait causer quelques instants et lire une colonne de journal. A la suite de la cure, la maladie céda peu à peu. En 1863, il fait une nouvelle cure à Lamalou-le-Haut. De tous les symptômes graves qu'il présentait l'année d'avant, il ne lui reste plus qu'une certaine difficulté pour l'application à un travail cérébral un peu soutenu et une légère parésie de la sensibilité dans la partie gauche du visage. En 1864 et 1865, nouvelles cures; le malade paraît guéri; néanmoins, il lui reste de l'anesthésie cutanée dans la partie inférieure gauche du visage avec maximum à la commissure des lèvres, et l'obligation de cesser tout travail intellectuel après une application de plus d'une heure.

18e *Myélite rhumatismale.* — B..., de Béziers, a 52 ans, une forte constitution, un tempérament sanguin, il a eu fréquemment des douleurs lombaires. En Décembre 1868, par un vent très froid, il voyage pendant plus d'une heure, étant peu vêtu, dans un tilbury qu'il n'a pu atteindre qu'après avoir longtemps couru et sur lequel il est monté étant en sueur. Il éprouve un grand froid, surtout à la région dorsolombaire. Le lendemain, il a de la fièvre, des frissons, de la courbature. Peu après apparaît une lombalgie intense. La douleur s'irradie dans la région dorsale, et, bientôt après, dans les membres inférieurs, où elle ne tarda pas à être accompagnée de fourmillements et de crampes. Après quelques semaines, quand la douleur fut un peu calmée et qu'il voulut se lever, il ne put ni se tenir debout ni marcher. La sensibilité cutanée était obtuse aux pieds et aux jambes; la paraplégie motrice presque complète. Il y avait parésie du sphincter vésical et constipation des plus opiniâtres. Il arrive à Lamalou-le-Haut, le 25 Mai 1869, présentant l'état suivant : parésie de la sensibilité, assez prononcée aux pieds, moins prononcée aux jambes; paraplégie motrice très accentuée; le malade ne peu faire que quelques pas appuyé sur le bras d'un aide; fourmillements fréquents; les crampes ont diminué; la vessie est paresseuse, la virilité très diminuée. Le traitement composé de 16 bains de piscine et de 18 douches sur les membres inférieurs, produit une légère amélioration; le malade peut marcher quelques pas avec deux cannes. Après la cure, tous les symptômes de la maladie s'amendent peu à peu. Le 2 septembre il revient aux eaux; il peut marcher sans aucun aide, mais il traîne les pieds, et les jambes ne peuvent lui permettre ni travail ni effort quelque peu soutenu. Les fourmillements ont disparu; l'anesthésie cutanée n'existe plus qu'au-dessus des malléoles, sur la partie antérieure des jambes. Les sphincters ont repris leurs fonctions normales. L'amélioration se continue après cette seconde cure; et en 1870, quand le malade revient à Lamalou-le-Haut, la guérison paraît confirmée.

5

i les eaux de Lamalou-le-Haut ont, comme on a pu le voir, une action spéciale pour combattre les formes du rhumatisme dans lesquelles il est utile, soit de relever les forces et de combattre un état anémique, soit d'éviter une excitation thermale trop prononcée, elles ont une efficacité non moins assurée dans les anémies justiciables du fer, et dans la chlorose, maladies dans lesquelles le rhumatisme ne joue aucun rôle. Leur composition chimique pouvait, du reste, faire pressentir cette action, puisqu'elle renferme à la fois le fer et l'arsenic, c'est-à-dire les deux agents les plus employés dans la médication reconstituante des éléments du sang. Dans le cas de chlorose, la boisson des eaux ferrugineuses n'est pas seulement un adjuvant, mais elle joue un rôle prépondérant dans la formule du traitement hydro-minéral.

En voici quelques exemples :

19° *Chlorose.* — Mlle X..., de Cette, arrive à Lamalou-le-Haut, en Juin 1862, portant tous les signes caractéristiques de la chlorose la plus avancée : décoloration de la peau et des muqueuses ; infiltration du tissu cellulaire sous-cutané, très marquée le soir aux pieds et aux malléoles ; palpitations et dyspnée au moindre mouvement ; aménorrhée complète : pas d'appétit ; digestions très laborieuses ; presque pas de sommeil. A tous ces symptômes, s'ajoute une toux sèche, revenant fréquemment par quintes fatigantes, et pouvant, au premier abord, faire redouter un début de lésion du côté de la poitrine. L'auscultation du thorax montre des bruits de souffle très caractérisés au cœur et sur le trajet des grosses artères, et une intégrité parfaite des organes respiratoires, dont rien, du reste, du côté de l'hérédité, ne pouvait faire soupçonner la délicatesse. Des bains de quelques minutes, des petites doses d'eau de la Mine, un looch calmant au coucher pour combattre la toux et l'insomnie, tel fut le traitement institué dès le début et dont la formule fut graduellement augmentée. Sous son influence, l'état des voies digestives s'améliora, la toux diminua sensiblement, le sommeil, plus long, devint plus réparateur, les palpitations revinrent moins fréquemment ; enfin, après un séjour de six semaines, les forces de la malade commençaient à se relever et il y avait une amélioration générale manifeste. Le 22 Septembre, Mlle X.., revient à Lamalou, méconnaissable pour ceux qui l'avaient vue à la saison du printemps ; en effet, la toux avait disparu ainsi que l'infiltration du tissu cellulaire ; la peau avait repris une coloration presque normale ; le sommeil et l'appétit étaient bons ; vers le milieu de cette seconde cure, et sous l'influence de douches sur ses reins, les règles reparurent. Au commencement de l'hiver 1863, la guérison était parfaite.

20° *Chlorose.* — Mme X..., a 23 ans, une forte constitution, un tempérament sanguin. Elle était mère depuis huit mois, et nourrissait son enfant, lorsqu'elle eut le malheur de le perdre. Sous l'influence du chagrin et de la cessation de l'allaitement, une chlorose intense se développa en quelques semaines. Cinq mois après, au mois de juillet 1878, elle arriva à Lamalou-le-Haut, présentant l'état suivant : pâleur générale de la peau avec bouffissure du tissu cellulaire ; palpitations fréquentes, bruits de souffle artériel très marqués; dyspepsie ; insomnie presque complète avec idées tristes et abattement moral considérable. Nervosisme extrême avec spasmes fréquents. Aménorrhée. Une cure de vingt jours amena une diminution notable de tous ces symptômes. L'amélioration s'accrut après le traitement. Au commencement de Septembre, les règles reparurent, et quand la malade revint à Lamalou-le-Haut, vers le 10 Octobre, elle paraissait guérie, il ne lui restait que de la tristesse et encore un peu de pâleur. Au printemps 1879, elle jouissait d'une santé parfaite.

21° *Chloro-anémie par hémorragie.* — Mme X..., de Nîmes, 35 ans, tempérament lymphatique, constitution délicate, a eu une dernière grossesse à 31 ans. Depuis, les règles ont été d'une abondance excessive et reparaissent environ tous les quinze jours ; les digestions sont devenues laborieuses, l'appétit capricieux; elle éprouve fréquemment des douleurs à l'épigastre. L'éréthisme nerveux s'accuse de plus en plus, entraînant de l'insomnie et un affaiblissement général considérable. La malade est pâle, amaigrie, elle a des palpitations qui reviennent au moindre effort, à la moindre émotion. Tous ces symptômes s'aggravent et arrivent à leur apogée, durant les cinq ou six jours qui suivent les règles. Mme X... vient à Lamalou-le-Haut, à la fin d'août 1872; sous l'influence des bains de la Piscine Tempérée et de l'eau de la Mine à l'intérieur, l'éréthisme nerveux diminua sensiblement; le sommeil devint plus long, et l'appétit se développa; les digestions furent moins laborieuses; l'état général des forces fut sensiblement amélioré. A partir du mois d'Octobre, les époques menstruelles furent moins abondantes et ne se reproduisirent qu'après un intervalle de plus de vingt jours.

Au mois de juin de l'année suivante, nouvelle cure à Lamalou-le-Haut. Il reste à la malade un peu de pâleur et de faiblesse générale, mais tous les symptômes de sa maladie ont disparu, et elle se regarde, avec raison, comme guérie.

22° *Chloro-anémie par hémorragie.* — Les mêmes résultats satisfaisants ont été obtenus, en 1869, par Mᵐᵉ X..., de Cette, qui, à l'âge de 51 ans, était devenue très anémique à la suite de flux hémorroïdaux trop souvent répétés, qui avaient paru à 46 ans, époque de la ménopause. La première cure diminua la fréquence des hémorragies; la seconde, qui eut lieu quelques mois après, les fit cesser à peu près complètement, et, en 1870, sauf un peu de pâleur, la malade paraissait jouir d'une bonne santé.

'némie et la chlorose sont presque toujours accompagnées de phénomènes nerveux (névralgies, spasmes, névropathies diverses); on comprendra facilement que, par l'action sédative de la balnéation et l'action reconstituante des eaux prises en boisson, le traitement hydro-minéral de Lamalou-le-Haut puisse modifier avantageusement ses complications si pénibles. En voici quelques exemples :

23° *Anémie compliquée de névralgie.* — Mᵐᵉ X..., de Toulouse, a 36 ans, un tempérament lymphatique, une constitution autrefois vigoureuse, mais aujourd'hui presque délabrée. Devenue anémique à la suite de chagrins et de grossesses trop rapprochées, elle a eu de la dyspepsie, des migraines violentes, qui, depuis deux ans, ont pris la forme de névralgie faciale, récidivant au moindre refroidissement, ou sous l'influence d'une cause morale ou de l'émotion la plus légère. Cette névralgie prive la malade de sommeil et augmente ainsi un nervosisme déjà très considérable. Venue à Lamalou-le-Haut, au mois d'Août 1868, elle y fit une première saison qui améliora l'état général et diminua la fréquence des crises de névralgie. Après la cure, la maladie diminua d'intensité et ne se reproduisit qu'à des intervalles de plus en plus rares. Deux nouvelles cures, faites au printemps et en automne 1869, amenèrent la disparition complète de la névralgie et une notable amélioration de l'état général des forces.

24° *Chloro-anémie avec hystérie.* — Mlle X.., 19 ans, tempérament lymphatico-nerveux, faible constitution ; bien réglée à 14 ans. A 17 ans, sous l'influence d'une vive émotion, elle a une première crise nerveuse suivie d'évanouissement. Ces crises récidivent deux fois seulement pendant l'année qui suit la première; mais la malade s'affaiblit peu à peu et elle présente bientôt tous les signes de la chloro-anémie avec aménhorrée. La dyspepsie avec dysphagie et douleur épigastrique deviennent les symptômes dominants. Bientôt la douleur épigastrique devient excessive après les repas, et sert de point de départ à des crises hystériques avec spasmes et convulsions toniques et cloniques, qui se terminent souvent par des vomissements et une syncope plus ou moins longue. Dans l'intervalle des crises, il y a du nervosisme, des spasmes et des palpitations qui reviennent sous l'influence des causes les plus légères. La malade était dans cet état, ayant une crise d'hystérie et quelquefois deux tous les jours, à l'époque où elle vient à Lamalon-le-Haut (Juin 1871). Excitée tout d'abord par le traitement, elle ne tarde pas à en éprouver les effets sédatifs. Après 10 bains, elle passe quatre jours sans avoir de crises. Dans la dernière moitié du traitement, elle n'avait plus, en moyenne, qu'une attaque tous les trois jours. Dans le mois qui suivit la cure, le nervosisme fut notablement diminué, et les crises ne revinrent plus qu'une ou deux fois par semaine. Au mois de Février 1872, les règles se montrèrent précédées et suivies de crises hystériques assez fortes, mais qui ne se reproduisirent que le mois suivant, à la nouvelle période menstruelle. Au mois de Mai, la menstruation eut lieu normalement, et quand Mlle X... revint à Lamalou, en Juin, elle avait passé deux mois et demi sans attaque convulsive. Elle présentait encore bien des signes de nervosisme, mais l'état général était sensiblement meilleur et toutes les fonctions s'exécutaient presque normalement. Cette amélioration alla en progressant et s'accentua surtout après la cure faite en Octobre 1873. En 1874, Mlle X... fit son dernier traitement à Lamalou ; elle est encore nerveuse et facilement excitable, mais sa santé générale est bonne, et depuis plus de quinze mois, elle n'a pas eu de crises hystériques. Elle s'est mariée en 1875, et est aujourd'hui mère de famille.

25° *Chloro-anémie, hystérie avec phénomènes paralytiques.* — Mlle X..., de Mèze, offre un exemple encore plus frappant de cette action à la fois reconstituante et sédative des eaux. Sous l'influence de causes qu'il est difficile de définir, elle a été peu à peu envahie par une chloro-anémie des plus intenses, qui date déjà de plus d'un an. Depuis six mois, il y a de la dyspepsie, de la disphagie, des appétits bizarres ; elle ne mange jamais qu'en cachette, et toujours des aliments froids et solides. Elle a dans la journée une scialorrhée très abondante qui cesse avec le sommeil. Elle a fréquemment des crises convulsives suivies parfois de contractures musculaires plus ou moins durables. Depuis plus de trois mois, elle est atteinte de paraplégie ; les jambes sont légèrement fléchies et soutiennent à peine la malade. Son caractère est fantasque, ombrageux ; elle dort à peine trois heures par nuit; les forces sont déprimées au plus haut degré.

Telle était la situation de Mlle X..., lorsqu'elle vint pour la première fois à Lamalou-le-Haut (Juin 1867). Le traitement par les bains courts et l'eau de la Mine et du Petit-Vichy fut prolongé pendant près de deux mois. Il amena une amélioration notable de l'état général et la guérison de la paraplégie. Une seconde cure, beaucoup plus courte, eut lieu en Octobre, elle eut une heureuse influence sur les fonctions digestives, qui commencèrent à se régulariser. Au mois de Mai 1868, la malade fit une troisième cure ; elle présentait encore bien des signes de nervosisme, mais elle n'avait plus de crises convulsives; les organes digestifs fonctionnent à peu près normalement, et la santé générale paraissait satisfaisante.

26º *Chloro-anémie avec dysphagie et paraplégie.* — Mlle X..., âgée de 16 ans, de constitution délicate et de tempérament très nerveux, a de la dysménorrhée ; elle est peu à peu devenue chloro-anémique. L'appétit est nul ; il y a de la dysphagie et une dyspepsie considérable. Un peu de bouillon, du lait et quelques gâteaux composent toute l'alimentation. Le nervosisme et la faiblesse générale sont extrêmes ; il y a une paraplégie très prononcée ; la sensibilité cutanée paraît intacte. Une première cure, faite en Juin 1869, améliore l'état des organes digestifs et diminue le nervosisme ; une seconde, faite en Septembre de la même année, amène la guérison de la paraplégie, qui avait commencé à céder dans les premiers jours du mois d'Août. Au printemps (1870), la malade revient jouissant d'une santé que troublent seuls encore quelques restes de nervosisme.

27º *Chorée.* — Mlle X..., a 17 ans, une bonne constitution, un tempérament lymphatico-nerveux. Elle présente depuis près de deux ans de la dysménorrhée avec un état anémique assez prononcé. En 1873, elle a été prise de mouvements choréiques qui ont disparu peu à peu après avoir duré environ trois mois. En Mars 1874, nouvelle apparition de la maladie. Les membres supérieurs, le droit surtout et les muscles du visage, sont agités par des mouvements involontaires; l'humeur est triste, le caractère est devenu légèrement bizarre. Les études doivent être suspendues. La maladie persiste avec des intervalles de sédation et d'excitation, depuis près de cinq mois, au moment où Mlle X... arrive à Lamalou. Le traitement thermal produit au début une excitation générale marquée avec aggravation des symptômes choréiques; puis arrive une courte période de sédation. Vers le treizième bain, l'excitation se manifeste de nouveau, et dure jusqu'à la fin de la cure, qui se compose de 17 bains. Douze jours après la cessation du traitement, une amélioration subite et très sensible se produisit. Cette amélioration alla en progressant jusqu'au mois d'Octobre, époque où Mlle X... revint à Lamalou. Dès la fin du mois de Novembre, la guérison était obtenue ; elle durait encore en Juin 1875.

ans le cas qui précède, on a fait appel à l'action reconstituante des eaux, en même temps qu'à leur action sédative ; il n'en est pas de même dans le cas suivant, dans lequel l'action sédative seule a donné des résultats satisfaisants et durables.

28° *Chorée*. — Mlle X..., a 13 ans, elle n'est pas encore réglée, d'une forte constitution, et d'un tempérament sanguin-lymphatique ; elle a toutes les apparences de la plus vigoureuse santé. Il y a six mois, à la suite d'une émotion, quelques mouvements choréiques se montrent dans la jambe et le bras gauches. Rien du côté du cœur. — Elle n'a jamais eu de rhumatismes. Après quelques semaines, ces mouvements s'accentuent et envahissent le membre inférieur droit. La marche devient très difficile et parfois impossible. Les fonctions digestives s'exécutent bien, la santé générale reste bonne, le caractère seul a changé, il est capricieux et d'une sensibilité inaccoutumée. Depuis son invasion, la maladie a suivi une marche progressive sans présenter de rémittence de quelque durée. Le premier traitement balnéaire, fait en Mai 1873, amena une sédation très appréciable. Les mouvements choréiques diminuent d'intensité, la jeune malade, à la fin de la cure, pouvait marcher sans le secours d'aucun aide. Nouveau traitement au mois de Septembre ; la chorée ne se traduit plus que par secousses dans le bras droit ; la marche est régulière et la guérison paraît prochaine. Il y eut une recrudescence assez marquée des symptômes en Janvier et Février 1874; puis la maladie cessa tout à fait. En Juin de cette même année, Mlle X... revient à Lamalou-le-Haut, entièrement guérie.

29° *Nervosisme*. — M. X...'à 40 ans, une constitution délicate, un tempérament très nerveux. Sous l'influence de travaux excessifs et de préoccupations d'affaires, il a vu ses forces diminuer peu à peu ; il est devenu dyspeptique, sujet à des insomnies très fatigantes ; plus tard, il a éprouvé des palpitations ; les digestions sont devenues très laborieuses ; les fonctions génératrices se sont affaiblies ; le nervosisme et l'irritabilité morale sont très prononcés. Le moindre travail intellectuel provoque de la rougeur au visage, de la céphalée, et un état nauséeux.

A son arrivée aux eaux, M. X... ne pouvait plus écrire une page sans éprouver tous ces troubles; il était pâle et très amaigri. L'amélioration produite par le traitement se manifesta d'abord par le retour du sommeil et par de meilleures digestions. Les forces revinrent peu à peu, en même temps que le moral, très déprimé, se relevait. A la fin de la cure, M. X... pouvait écrire une lettre et lire un journal sans amener de troubles du côté de la tête ni du côté de l'estomac. Le bien s'accrut progressivement après la saison thermale, et, après quelques semaines de repos, le malade reprenait ses travaux. Il est revenu l'année suivante (1877), pour se débarrasser d'un reste de nervosisme dont sa nature très excitable et sa vie trop laborieuse et trop sédentaire expliquent la persistance.

30° *Névrophathie grave.* — Les mêmes effets reconstituants et sédatifs, avec action spéciale sur les centres nerveux, se sont produits chez M. X..., qui, à la suite de travaux excessifs et de veilles trop prolongées, s'était vu arrêté, dans ses importantes fonctions, par un état névropathique des plus graves, qui avait fait croire à un ramollissement cérébral. La maladie débuta par des troubles de la vision avec sensation de vertige amenant un sentiment de lassitude générale qui, peu à peu, demeura permanent. Les mouvements musculaires devinrent lents et torpides, en même temps la mémoire devenait infidèle, la production de la pensée et son expression par la parole s'opérait avec une lenteur et une difficulté croissantes. Un travail quelconque, même la lecture de quelques lignes, finit par devenir impossible.

Cet état, qui s'est déjà produit il y a dix ans, mais à un moindre degré, dure aujourd'hui depuis sept mois et a nécessité un congé avec repos absolu. M. X... vint à Lamalou-le-Haut après avoir passé l'hiver dans le Midi; son état s'était un peu amelioré, mais les fonctions cérébrales s'opéraient encore si péniblement, qu'il ne pouvait qu'à grand peine lire une courte lettre et qu'il lui était impossible d'y répondre. La balnéation fut bien supportée, et, à la fin de la cure, les symptômes avaient diminué d'intensité dans une proportion inespérée. La sensation de lassitude générale avait disparu; l'état général des forces était sensiblement meilleur; les mouvements musculaires plus rapides. Le malade pouvait lire, sans trop de fatigue, pendant une demi-heure, et écrire une courte lettre. Cette amélioration ne fit que s'augmenter après le traitement, et, quelques mois plus tard, M. X... pouvait reprendre ses fonctions.

 es observations qui précèdent, montrent que l'action reconstituante et sédative des eaux peut avoir un retentissement direct sur les fonctions cérébrales; celles qui vont suivre, montrent cette action s'exerçant d'une manière toute spéciale sur les fonctions de la moelle.

Grand Chauffoir, ou Vestiaire de Lamalou-le-Haut

(Côté des hommes. — Voir le plan, page 29).

31° *Congestion irritative de la moelle épinière.* — M. X..., de près d'Agen, a 30 ans, un tempérament nerveux et une forte constitution. Il n'a eu aucune

maladie grave. En 1856, il éprouve des douleurs lancinantes et des fourmillements dans les jambes ; puis, de l'anesthésie aux pieds et un peu d'incertitude
dans la marche. L'année d'après, les mêmes phénomènes se développèrent
dans les membres supérieurs. En même temps la vessie devenait paresseuse,
une constipation opiniâtre s'établissait, et les fonctions génératrices s'affai-
blissaient. Chaque année, au printemps, une adénite cervicale se produit ; la
tuméfaction est quelquefois assez considérable, mais jamais la suppuration ne
se montre. M. X... arrive aux eaux, en Juillet 1858. Il ne présente pas de
lignes céphaliques ; il n'a pas de troubles gastriques ; il a une sensation de
serrement à la base de la poitrine. La marche est déréglée et titubante, mais
elle ne présente pas les troubles caractéristiques de l'incoordination des ataxiques ;
l'anesthésie cutanée est peu marquée aux jambes et aux pieds ; elle est plus
accusée aux doigts et aux mains et coïncide avec un dérèglement plus considérable de la motricité dans les membres supérieurs. Le malade écrit avec la
plus grande difficulté, mais il exécute les grands mouvements avec une certaine précision. La parésie vésicale est assez marquée ; il y a des besoins
impérieux et parfois de l'incontinence. Les troubles de la locomotion ne sont
pas notablement augmentés par l'occlusion des yeux. L'état général des forces
et le moral sont très déprimés. La balnéation est bien supportée ; après le huitième bain, il y eut une amélioration subite et très marquée dans la production
des mouvements, qui devinrent presque réguliers. Cette amélioration, véritable
coup de fouet, ne dura que deux ou trois jours ; néanmoins, M. X... quitta les
eaux avec un mieux relatif appréciable et un état général des forces plus satisfaisant, qui ne firent que progresser après la cure. Le 15 Septembre, nouveau
traitement thermal. Dans l'intervalle des deux saisons, l'anesthésie des membres inférieurs avait sensiblement diminué et la marche tendait à se régulariser
de plus en plus ; il n'y avait plus eu d'incontinence d'urine ; les mouvements
des membres supérieurs avaient repris un certain degré d'assurance, la maladie
avait décidément pris une marche favorable qui continua durant toute l'année
1859. Quand M. X... revient à Lamalou-le-Haut, au mois de Mai de cette
même année, il lui restait à peine un peu de vacillation dans la marche et
dans les mouvements des membres supérieurs ; son écriture était régulière et
sa santé générale bonne.

32º *Ataxie locomotrice.* — M. X..., de Marseille, 32 ans, tempérament lymphatico-nerveux, bonne constitution, a beaucoup travaillé et s'est livré à des
excès de plus d'un genre. Vers la fin de l'année 1860, il ressentit une grande
fatigue après le travail, les jambes sont brisées, il y éprouve de vives douleurs
lancinantes ; pendant quelques jours, il eut de la diplopie. Tous ces symptômes continuent en s'aggravant légèrement, et s'accompagnant d'un nervosisme extrême jusqu'en 1861. A cette époque, il éprouve un peu de vacillation

dans la marche, surtout dans l'obscurité. Il a quelques douleurs au col de la vessie, de la dysurie, de la constipation avec épreintes fréquentes du sphincter anal. En 1862, sa virilité s'affaiblit, les douleurs fulgurantes prennent de l'intensité, la démarche devient tout à fait titubante dans l'obscurité, et légèrement incoordonnée durant le jour. Il était dans cet état lors de son arrivée aux eaux, en Juin 1863. L'anesthésie, au tact et à la douleur, était assez prononcée à la plante des pieds et au bas des jambes. Il n'avait plus de diplopie et ne présentait aucun signe céphalique. Il fait une cure de 21 bains, à la suite de laquelle les fonctions de la vessie et du sphincter anal commencent à s'opérer plus normalement ; le nervosisme diminue sensiblement, et la démarche tend à se régulariser pendant le jour tout en restant incoordonnée dans l'obscurité. Il fait une nouvelle cure en Septembre de la même année, et voit s'accroître sensiblement l'amélioration déjà obtenue. En Mars 1864, il ne restait à M. X... qu'un léger degré de paresse vésicale, et un peu d'incertitude quand il marchait les yeux fermés. L'année suivante, il revient, en Juillet, à Lamalou-le-Haut, avec toutes les apparences d'une guérison parfaite.

33° *Ataxie locomotrice.* — M. X..., de Chambéry, âgé de 39 ans, a un tempérament lymphatique, une constitution des plus robustes. Il a commencé par éprouver dans les jambes des douleurs lancinantes, revenant par crises, et suivies d'une lassitude extrême qui dure pendant quelques jours. Il a eu une diplopie de courte durée qui a reparu à différents intervalles, coïncidant avec un léger strabisme convergeant qui est devenu permanent. En même temps la vessie s'affaiblissait et sa marche devenait incoordonnée. Après quatre ans, le malade ne pouvait marcher qu'avec l'appui d'un bras et d'une canne. A son arrivée aux eaux (Juillet 1867), il présentait tous les signes caractéristiques de l'ataxie locomotrice à la deuxième période. Le traitement diminue la fréquence et l'intensité des crises de douleurs fulgurantes, et facilita, en les régularisant, les fonctions de la vessie. L'amélioration persiste après la cure, et l'incoordination motrice fut assez modifiée pour que le malade pût, deux mois après, marcher sans le secours d'aucun aide. C'est dans ces conditions nouvelles qu'il fit sa seconde saison thermale, à la fin de Septembre de la même année. Il revint à Lamalou-le-Haut, en 1868 et en 1869 ; il avait conservé l'amélioration acquise, et sa maladie, essentiellement progressive, avait été arrêtée dans sa marche.

34° *Ataxie locomotrice.* — M. X..., tempérament sanguin, constitution vigoureuse, est âgé de 59 ans ; il a eu à plusieurs reprises des attaques de rhumatisme articulaire pour lesquelles il est allé aux eaux de Luchon (1869 et 1870). Dans l'automne de cette dernière année, il s'aperçut que les douleurs musculaires vagues, qu'il avait assez fréquemment, devenaient superficielles et prenaient une forme lancinante. En 1871, il éprouve de la lassitude dans les jambes et quelques fourmillements ; il s'aperçut, en chassant, que sa marche était moins assurée qu'autrefois. Bientôt, il se vit forcé de regarder son chemin, pour ne pas chanceler, et il éprouva de la difficulté à descendre les pentes raides et à marcher dans l'obscurité. En 1872, il vint à Lamalou-le-Haut ; il avait de l'anesthésie à la plante des pieds, des douleurs fulgurantes, une très légère incoordination motrice s'aggravait singulièrement quand il descendait l'escalier ou par l'occlusion des yeux, un faible degré de paresse vésicale et des crises assez fréquentes de douleurs fulgurantes. Pas de signes céphaliques ; rien aux membres supérieurs. Une très longue cure amène des résultats favorables ; la marche devint assez ferme pour que M. X... pût se promener sans regarder son chemin. Les douleurs fulgurantes, surexcitées durant le traitement, deviennent plus rares et moins intenses ; les fonctions vésicales furent régularisées. Le malade put chasser durant l'automne. Cette amélioration se maintint au même degré pendant les années qui suivirent, et elle durait encore en 1877. M. X... fait tous les ans une cure thermale qui le maintient dans cet état.

35° *Ataxie locomotrice au deuxième degré.* — La même amélioration, et plus notable encore, a pu être observée chez M. X..., âgé de 38 ans, ayant un tempérament lymphatique et une constitution assez forte, qui vint à Lamalou-le-Haut, pour la première fois, en 1874, présentant tous les signes de l'ataxie locomotrice à la deuxième période. Il avait, en effet, une anesthésie très prononcée aux pieds et aux jambes, de l'incoordination motrice au point de ne pouvoir marcher qu'au bras d'un aide, de la parésie vésicale avec affaiblissement des fonctions génératrices ; des pertes séminales et un éréthisme nerveux extrême. Il avait très fréquemment des crises de douleurs fulgurantes paraissant tantôt aux membres inférieurs, tantôt aux supérieurs et quelquefois même sur le crâne et sur les côtés de la poitrine. Dans cette dernière région, elles s'accompagnaient d'une constriction très pénible. Tous ces symptômes s'étaient aggravés et avaient suivi, depuis trois mois, une marche presque aiguë, à la suite d'une entérite qui avait mis ses jours en danger. La première cure, août 1874, releva les forces du malade, atténuant beaucoup le nervosisme en supprimant les pertes séminales et en améliorant l'état de la vessie. L'incoordination motrice fut aussi atténuée dans une certaine mesure. Deux mois plus tard, le malade marchait sans le secours d'aucun aide, et l'amélioration acquise se maintenait. En 1875, M. X... fit deux cures thermales. L'état général était bon, les douleurs fulgurantes revenaient plus rarement et l'incoordination motrice était très atténuée. Elle était à peine sensible en 1877. Le malade pouvait faire de longues promenades ; l'anesthésie cutanée avait à peu près disparu, il ne restait plus que de la paresse et une anesthésie assez marquée du côté du rectum. Depuis, ces symptômes se sont encore atténués. M. X... vient, tous les ans, deux fois à Lamalou-le-Haut, et, depuis 1879, la marche est parfaitement régulière et la guérison est complète, sauf quelques crises, de plus en plus rares, de douleurs lancinantes.

36° *Ataxie locomotrice à la première période.* — Voici un autre cas dans lequel la guérison est restée complète et persistante ; il s'agit d'une ataxie locomotrice à la première période : M. X... a 46 ans, un tempérament lymphatique, une robuste constitution. En 1864, il a une première atteinte de douleur sciatique ; cette douleur se répète avec des intervalles de trois à quatre mois En 1878, à la suite d'une cure à Aix, la douleur s'irradie vers les reins et amène la paresse vésicale. En 1872, la dysurie se prononce davantage ; la douleur revient fréquemment et prend un caractère fulgurant. Des pertes séminales surviennent, les jambes s'affaiblissent, l'éréthisme nerveux est extrême. (Cure à Barèges en 1873.) En 1874, l'état s'aggrave, la peau présente à divers endroits des surfaces frappées d'anesthésie ; aux pieds, il y a de l'hypéresthésie avec sensation de très forte chaleur ; la dysurie est plus marquée, les douleurs fulgurantes plus fréquentes et plus vives. Pas de signes céphaliques. Rien aux membres supérieurs. Très légère incoordination avec sensation de vertige dans l'obscurité. L'insomnie et le nervosisme s'accusent de plus en plus. Tel était l'état du malade lorsqu'il arrive aux eaux, en 1874. Le traitement, bien supporté, ramène le sommeil et calme le nervosisme. L'amélioration continue après la cure. Retour aux eaux en octobre. La marche est normale. La vessie a repris ses fonctions. Les pertes séminales ont beaucoup diminué ; il reste de l'hypéresthésie aux pieds et un léger degré de nervosisme. Depuis, le malade a fait, tous les ans, une saison thermale jusqu'en 1879. La guérison est complète.

 ous empruntons à M. le Docteur Belugou les deux observations suivantes sur les heureux effets des bains tempérés dans le traitement de cette grave maladie.

OBS. IV. — *Sclérose multiloculaire.* — *Premier traitement à Lamalou par les bains chauds arrêtant la marche de l'affection, mais surexcitant les douleurs. — Second traitement par les bains tempérés calmant les douleurs et complétant l'amélioration.*

C'est un maître d'hôtel de 60 ans, de bonne constitution, de tempérament nervoso-sanguin, qui est atteint de sclérose multiloculaire dont le début remonte fort loin, et qui s'est surtout manifestée par des douleurs lancinantes dans les membres, des douleurs en ceinture et du vertige.

Le malade vient depuis un certain nombre d'années à Lamalou, où il prend des bains chauds. Sous l'influence de ce traitement annuel, la marche de l'affection paraît s'être arrêtée ; mais néanmoins, pendant l'hiver, les douleurs persistent avec une certaine intensité.

Dans l'interrogatoire, le malade déclare qu'au moment des bains il éprouve chaque année une excitation très grande, accompagnée de fièvre, sous l'influence de laquelle les douleurs redoublent de fréquence et d'intensité.

En présence de cet état et sous l'impression de cette dernière indication, les bains tempérés sont ordonnés au malade en remplacement des bains chauds. Chaque jour, douche écossaise.

Du moment où ce nouveau traitement a été institué, l'excitation a disparu et les douleurs ont cessé.

En 1877, le malade déclare que l'hiver a été relativement calme, et que l'amélioration lui a paru plus manifeste.

Obs. V. — *Sclérose médullaire. — Nombreux traitements sans succès. — Essais infructueux des eaux de Néris, des Pyrénées et des bains chauds de Lamalou. — Succès par les bains tempérés.*

Ce malade, négociant à Bordeaux, âgé de 59 ans, de tempérament nerveux, envoyé à Lamalou par M. le professeur Charcot, est atteint de sclérose des cordons postérieurs (diagnostic de M. Charcot). Cette affection a débuté depuis longtemps. En voici les principaux symptômes :

Douleurs fulgurantes dans les membres supérieurs et inférieurs. Douleurs constrictives en ceinture. Démarche indécise, hésitante, très pénible. Impressionnabilité très grande aux variations de température, vertiges fréquents. Diplopie en regardant les objets éloignés.

Ce malade a suivi un grand nombre de traitements : cautères sur la colonne vertébrale, injections hypodermiques, nitrate d'argent à l'intérieur ; voilà pour la thérapeutique ordinaire. Il a suivi, en outre, avec le même insuccès, des traitements thermaux à Néris et dans diverses stations sulfureuses chaudes des Pyrénées. Venu à Lamalou en dernier lieu, le médecin qu'il consulte d'abord lui prescrit les bains chauds et les douches chaudes. Aux premiers bains, une violente excitation, avec élévation de température, douleurs lancinantes très vives, insomnie, constipation, surprend le malade et impose la suspension du traitement. Alors appelé, et instruit par des exemples antérieurs, je recommande au malade, déjà découragé, les bains tempérés et l'emploi des douches écossaises. Sous l'influence de ce nouveau traitement, l'excitation

disparaît, et, au bout de huit jours, fait place au calme, puis à une amélio-ration, qui avait été cherchée en vain depuis longtemps. Ce malade n'a plus été revu (1).

ntre les cas nombreux prouvant que les myélites sont très heureu-sement modifiées par les eaux, citons le malade objet de l'ob-servation N° 3, Mémoire de M. le Docteur Boissier sur la fièvre thermale.

En voici un autre exemple :

37° *Myélite*. — Mlle Marie D..., de Villeneuve-sur-Lot, est arrivée à Lama-lou-le-Haut, le 26 juillet 1878; elle est anémique et très affaiblie ; elle a fréquem-ment des palpitations et des obnubilations passagères de la vue. Les mouve-ments des bras se font régulièrement, ceux des doigts sont lents et mal assurés ; elle laisse tomber les petits objets qu'elle tient dès qu'elle ne les regarde plus. Les doigts et les mains sont le siège de douleurs musculaires profondes sans caractère lancinant, de fourmillements et de sensations subjectives de chaleur coïncidant parfois avec une hypéresthésie passagère de la peau, et, le plus souvent, avec de l'anesthésie. La vessie fonctionne régulièrement. Les membres inférieurs sont d'une faiblesse extrême, la marche et la station debout sont très difficiles, les pieds traînent sur le sol; après quelques pas, la fatigue devient telle, que si la malade ne s'arrête pas, des contractures se produisent dans les muscles des cuisses et des jambes. Ces muscles sont souvent le siège de douleurs rongeantes profondes. La peau de la plante des pieds est frappée d'hypéresthésie, le contact y est douloureux ainsi que la pression, tandis que les sensations au tact et à la douleur sont difficilement perçus sur les jambes et jusqu'au-dessus du genou. Cet état à succédé à des symptômes de myélite aiguë contractée à la suite d'un refroidissement, et qui amena pendant quelques mois la paralysie des quatre membres et du sphincter de la vessie; il se main-

---

(1) M. le Docteur Belugou résume ainsi ses notes sur le traitement de l'ataxie locomotrice par les eaux de Lamalou :

« En résumé, dit-il, les eaux de Lamalou exercent une action incontestable et remarquable sur la « marche de l'ataxie locomotrice progressive qu'elles améliorent dans la grande majorité des cas et « qu'elles semblent guérir quelquefois.

« Aucune station thermale française ne jouit de cette propriété à un aussi haut degré. »

tient au même degré depuis deux ans, malgré toutes les médications employées. 19 bains et 10 douches avec trois applications de pointes de feu, faites dans le mois qui a suivi le traitement thermal, ont amené une amélioration si marquée, que la malade, après un séjour de près de deux mois à Lamalou-le-Haut, pouvait faire, sans trop de fatigue et sans amener des contractures, des promenades de plus d'un kilomètre. L'emploi du nitrate d'argent à l'intérieur, et la continuation des cautérisations ponctuées tous les quinze jours, ont amené peu à peu la guérison, qui était complète au mois de mai 1879, et qui s'est maintenue depuis lors.

arement de pareilles guérisons s'observent dans la myélite ; mais, ce qu'on observe souvent, c'est qu'à la suite de l'usage des eaux, la maladie est enrayée et que les paralysies consécutives et les autres symptômes, tels que les contractures musculaires ou l'incontinence urinaire, diminuent notablement.

38° *Myélite.* — Tel est le cas de M. X..., qui arrive à Lamalou-le-Haut, en 1868, présentant les symptômes suivants : anesthésie au contact, et à la douleur dans tout le membre inférieur avec sensation de refroidissement au moindre abaissement de la température ambiante ; douleurs rongeantes profondes dans les masses musculaires des jambes et surtout des cuisses. Ces muscles ont notablement diminué de volume ; ils sont frappés de contracture au moindre effort un peu soutenu et dès que la fatigue se fait sentir ; parfois, les contractures s'y montrent spontanément pendant le repos. La parésie motrice est très accusée, les pieds traînent sur le sol et le malade ne peut marcher ou se tenir debout que pendant quelques instants. Il y a faiblesse vésicale et souvent incontinence. Les membres supérieurs, la tête, les organes contenus dans la cavité thoracique et l'estomac fonctionnent et ont toujours fonctionné normalement. Dès la deuxième cure, qui fut faite au printemps 1869, les contractures spontanées avaient disparu ; l'état de la vessie était sensiblement amélioré ; M. X... pouvait faire presque un kilomètre sans provoquer ni fatigue extrême ni contracture musculaire. Depuis lors, tous ces symptômes ont été considérablement atténués, et l'amélioration obtenue n'a fait qu'augmenter. Les fonctions de la vessie sont régularisées ; la marche, toujours un peu traînante, permet néanmoins de longues promenades ; les masses musculaires diminuées ont repris leur volume normal.

n voit par là que l'action reconstituante des eaux peut s'exercer d'une manière toute spéciale sur le tissu musculaire, en agissant sur les origines des nerfs trophiques, dans la moelle épinière et aussi sur l'ensemble des phénomènes de la nutrition. En voici un cas des plus remarquables.

39° *Atrophie musculaire.* — M. X... a un tempérament nerveux, une constitution délicate ; il a subi de grandes fatigues, et l'acclimatement dans les pays chauds l'a profondément affaibli. En 1867, il éprouva presque subitement une diplopie persistante que corrigeaient momentanément certaines positions de la tête. Après quelques mois, cette diplopie fut attribuée à sa véritable cause, l'atrophie commençante des muscles du globe de l'œil. Après quinze mois, l'atrophie était complète et les yeux entièrement immobiles. Bientôt arriva une procidence des paupières qui fit des progrès rapides et nécessita l'emploi d'appareils de soutien. Du reste, l'œil ne présentait aucune altération ; quand une des paupières était relevée, la vision s'opérait normalement, mais si toutes deux étaient relevées, la diplopie reparaissait. En même temps se montraient les signes d'une atrophie des muscles de la main plus prononcée à droite qu'à gauche ; les doigts ne pouvaient être étendus ou fléchis complètement ; à la main droite, les mouvements par lesquels on les écarte les uns des autres étaient abolis et le pouce était difficilement opposable. M. X... pouvait à peine écrire quelques lignes. Tel était son état lors de l'arrivée aux eaux (Juin 1869). L'état général des forces était très déprimé ; il y avait de l'insomnie, des digestions laborieuses et un nervosisme assez prononcé. Cette première cure ramena le sommeil, diminua le nervosisme et reconstitua les forces dans une large mesure. Dans les mois qui suivirent, l'atrophie musculaire des mains diminua sensiblement, les doigts purent être écartés, l'écriture devint plus facile. M. X... fit une saison en 1870 et deux en 1871. Les mouvements des doigts se font à peu près normalement. Le releveur de la paupière commence à reprendre ses fonctions du côté droit et est en voie d'amélioration du côté gauche ; les yeux sont encore immobiles.

De 1871 à 1876, cure annuelle à Lamalou-le-Haut. A cette époque, l'atrophie des muscles des mains est guérie, les paupières peuvent rester assez relevées pour permettre la vision ; les globes des yeux peuvent exécuter des mouvements de latéralité d'environ deux millimètres d'amplitude. Depuis lors, M. X..... vient de temps à autre faire une cure et son état s'améliore de plus en plus.

40° *Atrophie des fléchisseurs du pied.* — Une pareille guérison fut obtenue, en une seule année, par M. A...., de Montréal (Canada). Il était très affaibli et avait une parésie des membres inférieurs, suite d'irritation spinale. Les muscles fléchisseurs du pied[étaient atrophiés; les pieds ne pouvaient être relevés, et leur pointes, traînant sur le sol, rendaient la marche très difficile. Une première cure, composée de bains et de douches sur les muscles atrophiés (Juin 1864), amena une véritable amélioration de l'état général avec diminution de la parésie. Dans le mois qui suivit le traitement, quelques mouvements commencèrent à reparaître dans les muscles affaiblis. Une seconde cure, faite à la fin du mois d'Août, augmenta sensiblement l'amplitude de ces mouvements, et, au mois de Novembre, les muscles avaient repris un volume à peu près normal, et les mouvements de flexion du pied pouvaient être exécutés dans une très bonne mesure.

ant à cause de leur action modificatrice des fonctions médullaires, qu'à cause de leurs propriétés reconstituantes, les eaux de Lamalou-le-Haut sont très indiquées dans les atrophies musculaires qui tiennent à la paralysie infantile. On peut dire, dans ces cas, que plus on fait un usage des eaux à une époque rapprochée de l'apparition des troubles trophiques qui suivent la méningo-myélite et plus on a de chances de voir se produire une guérison complète.

41º *Paralysie infantile avec atrophie.* — C'est ce qui est arrivé pour le jeune X..., venu à Lamalou-le-Haut, en 1861, avec un commencement d'atrophie des muscles de l'avant-bras droit. La maladie avait débuté, depuis environ treize mois, par des accidents convulsifs avec fièvre, qui avaient été suivis d'un état parétique du bras droit. Deux cures, à trois mois d'intervalle, suffirent pour amener la guérison du malade, qui avait alors 5 ans.

42º *Paralysie spinale de l'adulte avec atrophie.* — Le même fait s'est produit en 1878, chez M. X..., âgé de 26 ans, qui présentait une paralysie avec atrophie des muscles des deux avant-bras et des mains. La maladie, véritable paralysie spinale des adultes, avait débuté, au mois de février, par une fièvre violente avec accidents méningitiques de la plus haute gravité. Les troubles trophiques s'étaient manifestés dès la fin de la convalescence et avaient suivi une marche très rapide. Il arrive à Lamalou-le-Haut au commencement du mois de Juin. Les bras sont inertes et pendent des deux côtés du corps, les doigts sont fléchis et serrés l'un contre l'autre ; le pouce, moins fléchi, est appuyé contre le bord externe de la main. L'état général du malade et ses fonctions intellectuelles sont très déprimés, la parole est lente et embarrassée. L'amaigrissement est

Vue d'une des six Piscines de Lamalou-le-Haut

considérable. Cette première cure (bains de piscines et douches sur les bras) amène une grande amélioration de l'état général et des fonctions cérébrales ; les progrès de l'atrophie sont enrayés. Deux semaines après que M. X.. eut quitté les eaux, on pouvait constater la réapparition de certains mouvements : le pouce pouvait être rapproché de la paume de la main, l'avant-bras pouvait être fléchi, et les premières phalanges des doigts pouvaient être étendues par un mouvement de totalité, tandis que les deux autres restent toujours fléchies. Une seconde cure, faite en Octobre, augmente l'amélioration acquise. Au mois de Janvier 1879, les doigts avaient repris leurs mouvements normaux, ainsi que le bras et l'avant-bras, mais il y avait encore une grande faiblesse dans ses membres, surtout à gauche. M. X... fit deux cures, cette année-là, et, à la fin de la seconde, il était entièrement guéri.

 aisant appel à l'action reconstituante des eaux en même temps qu'à leur action modificatrice des fonctions médullaires, on voit souvent disparaître les accidents parétiques qui accompagnent si souvent le mal de Pott, et qui sont dus à une compression de la moelle. En voici un exemple.

43° *Mal de Pott avec parésie motrice.* — M. X..., de Béziers, âgé de 19 ans, avait une carie vertébrale qui pouvait être attribuée en grande partie à un état scrofuleux, et en partie à la dépression générale produite par des habitudes d'onanisme. M. le Docteur Bourdel, consulté, lui fit faire un traitement général convenable, fit appliquer les cautères le long de la colonne vertébrale, et l'envoya aux bains de mer. Après l'emploi de ces moyens, le malade avait éprouvé une amélioration sensible, mais était encore faible, pâle, et avait de la peine à se tenir debout et à marcher. Il fut donc alors dirigé sur Lamalou-le-Haut, où l'usage des bains et les eaux de la Mine achevèrent la guérison de l'affaiblissement des membres inférieurs dont il était atteint.

 l est démontré que ces eaux peuvent être employées avec succès, même par des sujets porteurs de certaines altérations de tissu. Elles représentent, en effet, quand elles sont prudemment administrées, une médication qui reconstitue les forces sans amener d'excitation thermale considérable, et, par conséquent, sans exposer les malades aux chances d'aggravation que

l'usage d'eaux à température et à minéralisation plus élevées pourrait amener dans la marche de la lésion organique. Il faut, toutefois, faire exception pour la tuberculisation pulmonaire et pour les lésions irritatives des bronches, et, en général, des muqueuses des organes respiratoires, cas dans lesquels elles sont formellement contre-indiquées.

Elles produisent, au contraire, les meilleurs effets, lorsque l'irritation, de nature scrofuleuse ou simplement idiopathique, porte sur le col de la matrice, et y développe, avec l'engorgement, des granulations, des ulcérations ou même des fongosités. Dans ce cas, il faut, avant tout, faire disparaître ou atténuer ces divers symptômes par un traitement chirurgical approprié ; après quoi, quand il n'existe plus d'inflammation et que l'engorgement est arrivé à l'état passif, l'usage des bains, des douches sur les reins et de l'eau ferrugineuse de la Mine à l'intérieur, amène la résolution des tissus engorgés et débarrasse le malade de l'état anémique et névropathique qui accompagnent si souvent ces sortes de lésions.

44° *Engorgement du col utérin.* — C'est ce qui eut lieu chez Mme X..., de Saint-Georges, que M. le professeur Courty envoya à Lamalou-le-Haut, après l'avoir guérie par un traitement chirurgical, des ulcérations qui compliquaient un engorgement du col utérin. A son arrivée aux eaux, elle présentait un état anémique très prononcé avec des symptômes hystériformes, une leucorrhée assez abondante, des douleurs de reins et des sensations de pesanteur dans le petit bassin qu'expliquaient facilement le volume encore anormal de l'organe malade. Tous ces symptômes résistaient depuis quelques mois à l'emploi du fer et à l'hydrothérapie. Une première cure diminua l'état anémique et le nervosisme, et modifia sensiblement l'abondance de la leucorrhée et le volume du col. Une seconde cure, qui eut lieu deux mois et demi après la première, amena une guérison qui se maintenait l'année suivante et ne s'est point démentie depuis lors.

45° *Engorgement du col utérin ; anémie consécutive profonde.* — Mme X..., de Marguerites, près Nimes, envoyée à Lamalou-le-Haut, après traitement chirurgical préalable, fut aussi complètement guérie d'un engorgement du col utérin avec leucorrhée très abondante qui avait amené chez la malade un état de chloro-anémie très prononcée et qui résistait depuis plusieurs mois aux préparations martiales et iodurées, et autres moyens mis en usage pour le combattre. Ici encore la résolution définitive de l'engorgement fut obtenue en même temps que les symptômes de la chloro-anémie disparaissaient peu à peu.

46° *Engorgement utérin; scrofule.* — Les mêmes résultats satisfaisants furent observés chez Mme X..., des environs d'Avignon, âgée de 27 ans, portant des signes irrécusables de l'affection scrofuleuse et qui fut envoyée à Lamalou-le-Haut par le Docteur Bourdel. Le traitement chirurgical avait notablement modifié un état presque fongeux du col, mais l'organe était encore très engorgé, et la malade, profondément affaiblie et anémiée, et tourmentée par une leucorrhée très abondante, était en proie à un nervosisme dont les symptômes allaient toujours en croissant. Les iodés, les ferrugineux, les douches froides, les bains de mer avaient été employés sans succès. Deux cures thermales, faites en 1873, amenèrent une guérison presque complète. En 1874, Mme X... revint aux eaux avec les apparences d'une très bonne santé; il ne lui restait de sa maladie qu'un peu de faiblesse et de nervosisme.

47° *Engorgement du col avec paraplégie réflexe.* — Mme X..., de Gen., tempérament nerveux-lymphatique, faible constitution, a toujours été un peu anémique. A la suite d'une couche laborieuse, qui eut lieu en 1856, elle a eu une métrite aiguë des plus graves. Quelque temps après, elle eut des abcès périutérins qui exigèrent un long séjour au lit et amenèrent de la dyspepsie, de l'insomnie et un haut degré de nervosisme. Depuis, le col utérin a été le siège d'un engorgement volumineux, avec ulcérations et fongosités, qui a exigé l'intervention chirurgicale. Il y a un an environ, des symptômes de paraplégie motrice ont apparu et se sont prononcés de plus en plus. En 1867, elle est envoyée à Lamalou-le-Haut. Depuis huit mois elle quittait à peine son lit, le col utérin est encore volumineux, la leucorrhée est abondante; il y a dysménorrhée avec douleurs lombaire et ovarienne, crises hystériques fréquentes. Mme X... peut à peine se tenir debout et faire quelques pas. La sensibilité est obtuse aux membres inférieurs. Une cure thermale de près de deux mois produit les plus heureux résultats. Le sommeil et la digestion sont bons; l'état général des forces est notablement amélioré. La sensibilité est redevenue normale aux membres inférieurs. Mme X... peut marcher et faire, avant de quitter les eaux, des promenades de près d'un kilomètre. Nouvelle cure à Lamalou en 1868. La guérison est confirmée.

oici un exemple des plus intéressants de l'action reconstituante des eaux chez une malade atteinte de lésion organique.

48º *Tumeur du pylore.* — Mᵐᵉ X..., d'Aix, a 56 ans, un tempérament lymphatico-nerveux, une constitution assez forte. Il y a six ans, elle a été prise de dyspepsie ; les digestions sont devenues laborieuses et accompagnées de douleurs épigastriques et parfois de vomissements. Depuis près de deux ans, on pouvait constater, à la palpation, une tumeur dure, bosselée, légèrement douloureuse à la pression, et limitée à la partie inférieure droite de la région épigastrique. A l'arrivée aux eaux (Juillet 1864), l'amaigrissement étati considérable, le teint jaune ; la digestion de quelques bouillons, de lait et d'un peu de viande blanche ou de poisson, s'opérait avec la plus grande difficulté. Le soir, il y avait un léger mouvement fébrile, et la nuit, de l'agitation et de l'insomnie. Des bains courts, l'usage de l'eau du Petit-Vichy coupée avec du lait, amenèrent une grande amélioration de l'état général des forces. L'agitation nocturne cessa peu à peu ; le sommeil revint, l'état fébrile du soir disparut. Lors de son départ, Mᵐᵉ X... pouvait digérer des potages, de la viande et quelques aliments féculents, sans éprouver trop de douleur. Elle est revenue trois années de suite à Lamalou-le-Haut, et, chaque fois, elle a éprouvé une amélioration sensible de l'état général des forces et du fonctionnement de l'estomac.

49º *Affection du pylore.* — Il en a été de même pour la Mˢᵉ de C..., de Cadix (Espagne), qui est venue deux années de suite à Lamalou-le-Haut, avec une affection du pylore qui avait amené un délabrement considérable de forces. Chaque cure thermale a amélioré l'état général et facilité les digestions stomacales, sans que l'affection organique eût été modifiée en quoi que ce soit.

e traitement hydrominéral, dans les cas de ce genre doit être formulé avec le plus grand ménagement, soit pour ce qui regarde la balnéation, soit pour ce qui regarde les eaux prises à l'intérieur. La Source du Petit-Vichy joue, dans cette thérapeutique, un rôle prépondérant ; en effet, avec ses propriétés alcalines, la quantité moyenne d'acide carbonique libre,

PETIT VICHY

et la proportion minime de fer qu'elle contient, elle représente, à un haut degré une boisson eupeptique. Prise à petites doses, elle favorise la digestion du lait et des quelques aliments dont peuvent se nourrir les malades.

Elle joue également un rôle important dans le traitement de la goutte et de la gravelle ; dans ces cas, on la prend à la source et à doses beaucoup plus élevées. Elle représente, alors, une médication alcaline, et produit une diurèse considérable, qui montre son action directe sur les reins.

50° *Gravelle.* — M. l'abbé X... fournit un exemple de cette action diurétique et curatrice de la diathèse urique. Il a 54 ans, une bonne constitution, un

tempérament lymphatique. Il a été plusieurs fois atteint de coliques néphrétiques, avec expulsion de graviers, dont certains avaient le volume d'un petit
haricot. Il allait habituellement aux eaux de Vichy, et, pendant quelques
anneés, il s'était parfaitement trouvé de leur usage. En 1868, malgré sa cure
annuelle à ces eaux, il souffrit, à plusieurs reprises, de douleurs néphrétiques,
et rendit une quantité considérable de graviers. Il vint alors à Lamalou-le-Haut,
et se mit à l'usage exclusif de l'eau du Petit-Vichy. Durant sa cure, il rendit
un gravier assez volumineux, et beaucoup de très petits, sans éprouver de douleurs. L'année qui suivit se passa sans crises de colique néphrétique; depuis,
M. l'Abbé X... est venu, pendant six ans, à Lamalou-le-Haut, ne se baignant
jamais, se contentant de boire le Petit-Vichy à la source, et retirant de très
bons résultats de ce traitement.

51° *Gravelle.* — Il en est de même pour M. X..., de Saint-Pons-de-Mauchiens,
qui, après être allé plusieurs années aux eaux de Vichy, se contente, depuis
neuf ans, de venir boire à la Source du Petit-Vichy, et de faire, en hiver, un
fréquent usage de ces eaux transportées. Il n'a plus eu, depuis lors, de coliques
néphrétiques, bien qu'il expulse assez souvent du sable et de petits graviers.

a *Gravelle* est souvent une complication de la *goutte*;
dans ce cas, l'emploi du bain est indiqué, et entre dans la
médication thermale au même titre que l'eau prise à l'intérieur. On voit la combinaison de ces deux moyens amener la
résolution des engorgements articulaires par cause arthritique, et
les fluxions goutteuses récidiver moins souvent durant l'année qui
suit l'usage des eaux.

52° *Goutte avec gravelle.* — Tel est le cas de M. X..., âgé de 56 ans, — tempérament sanguin, robuste constitution, — sujet à des fluxions arthritiques
se manifestant surtout à la fin de l'hiver ou au printemps, et envahissant
les petites articulations des pieds et quelquefois les genoux. Ces crises étaient
souvent précédées de coliques néphrétiques avec émission de graviers.
Pendant de longues années, M. X... alla à La Preste et en retira de très bons
effets; mais, comme en 1859 et 1860, il n'en avait obtenu que de médiocres
résultats, il vint à Lamalou-le-Haut en 1862. Il était, depuis quelques semaines seulement, à la fin d'une poussée aiguë des plus vives, et les articulations
des genoux et des pieds étaient encore le siège d'un engorgement assez

considérable. Sous l'influence du traitement, elles reprirent peu à peu leur volume normal, et, durant l'année 1863, il n'eut aucune récidive, soit de la fluxion arthritique, soit de colique néphrétique. Il a fait usage des eaux de Lamalou-le-Haut et du Petit-Vichy pendant plusieurs années, et a vu la fréquence et l'intensité de ses crises goutteuses diminuer sensiblement de 1862 à 1869.

53° *Goutte*. — Il en a été de même pour le Dr A..., de Lunas. Il était atteint de goutte sans complication de gravelle, mais il avait les articulations déformées, sa marche était pénible et lui rendait l'exercice de sa profession très difficile. Une fois, la fluxion goutteuse s'était portée vers la tête et avait mis ses jours en danger. L'usage annuel des eaux de Lamalou-le-Haut, continué de 1851 à 1859, avait tellement atténué les manifestations arthritiques, qu'il put reprendre et continuer ses occupations professionnelles jusqu'à un âge très avancé.

54° *Goutte*. — M. V..., de Saint-Chinian, a un tempérament lymphatique, une forte constitution. Il est atteint de goutte héréditaire; les petites articulations des pieds sont le siège de déformations permanentes; les genoux sont simplement engorgés; la marche est pénible. La goutte a aussi envahi les poignets et l'articulation du pouce avec le premier métacarpien, mais sans y produire de déformations Les fluxions aiguës tiennent le malade au lit ou dans la chambre durant des semaines entières. Il a été, sans beaucoup de succès, plusieurs fois à Vichy et deux fois aux boues d'Aqui. En 1863, il vient à Lamalou-le Haut pour la première fois, à la suite d'une crise aiguë qui dure depuis près de deux mois. Il peut à peine se soutenir et souffre dès qu'il appuie le pied pour marcher. Il se baigne à 5 heures du soir, et reste ensuite au lit jusqu'au lendemain à midi. Après quelques jours de ce régime, une amélioration sensible se manifeste. A la fin de la cure, il pouvait marcher sans aide, et les articulations, très réduites de volume, n'étaient plus douloureuses. Une seconde cure, faite deux mois et demi après, réduisit encore leur volume et rendit au malade toutes les apparences de la vigoureuse santé dont il jouit dans l'intervalle des fluxions arthritiques aiguës. M. V... a fait, pendant de longues années, une et quelquefois deux saisons thermales à Lamalou-le-Haut; les récidives fluxionnaires sont devenues de plus en plus rares, et aujourd'hui, sauf quelques déformations articulaires persistantes, sa santé ne laisse rien à désirer.

es cas nouveaux de guérisons se produisent tous les jours à Lamalou ; citons à l'appui les observations suivantes de M. le docteur BOISSIER :

Rhumatisme articulaire et splanchnique

55. — I. Mademoiselle X... a toujours eu une santé délicate. Son enfance a été maladive. Elle porte les traces d'adénites cervicales suppurées. Réglée à 13 ans, elle a été mariée à 22 et a eu 6 grossesses en 4 ans. Elle a aujourd'hui 51 ans et la ménopause s'annonce par des irrégularités menstruelles.

A 44 ans, elle a eu des douleurs vagues dans les membres et des gonflements articulaires peu considérables survenant sans fièvre. « La crise, dit l'honorable médecin qui a envoyé la malade aux eaux, revêtait la forme érétique plutôt que la forme fébrile et longative. » Les articulations des membres inférieurs, plus tard, celles de la colonne vertébrale (en particulier dans les régions dorsale et cervicale) ont été tour à tour ou simultanément le siège du mal. A un certain moment, des troubles de la sensibilité et un affaiblissement des membres inférieurs ont pu faire croire à une localisation médullaire du rhumatisme ; mais ces troubles de l'innervation ont été de courte durée et ne se sont pas reproduits, tandis que les douleurs et les empâtements périarticulaires existent encore, produisant une incurvation de la colonne vertébrale et une diminution dans l'amplitude des mouvements de cet organe. De là des malaises et des douleurs nocturnes, de la difficulté à se mouvoir dans le lit, de l'insomnie et un érétisme nerveux considérable.

D'autre part, des migraines qui avaient atteint leur maximum d'intensité, entre 30 et 40 ans, ont fait place depuis cette époque à des troubles dyspeptiques qui s'accompagnent parfois de gastralgie et de vomissements.

L'assimilation se fait mal et la nutrition appauvrie entretient l'érétisme nerveux et favorise la persistance des manifestations rhumatismales. De là, un état d'anémie profonde qui avait déterminé le médecin traitant à choisir des eaux à la fois sédatives et reconstituantes. Les bains de Lamalou-le-Haut parfaitement supportés, l'usage journalier de petites doses d'eau de la Mine aux repas et en dehors des repas, ont amené d'excellents résultats. La première cure, faite en 1881, produisit une grande amélioration de l'état général. Les empâtements périarticulaires diminuèrent et l'amplitude des mouvements de la colonne vertébrale fut notablement augmentée. Les malaises et les douleurs nocturnes cessèrent. Aux insomnies succéda un sommeil réparateur. Les digestions devinrent plus faciles ; tous les mouvements musculaires acquièrent plus de force et de souplesse. Ces bons effets furent durables, et les cures thermales de 1882 et 83, nous ont montré une malade reconstituée, ne présentant plus que des traces de ses anciennes arthrites, pouvant faire un exercice qui entretient sa santé et abordant la ménopause dans des conditions bien plus favorables que celles qui existaient en 1881.

56. — II. Monsieur X... est âgé de 17 ans, il a un tempérament nerveux lymphatique et une constitution délicate. Il a toujours eu le teint pâle et l'aspect chétif bien qu'il n'eût jamais été atteint de maladies graves. Son père est mort d'affection médullaire, sa mère est névropathe et migraineuse. Dans l'adolescence, il a lui même eu de fréquentes migraines et des saignements de nez. En février 1882, à la suite de fatigues et d'un refroidissement, il éprouva de la fièvre avec courbature et lumbago, et cinq jours après une crise de rhumatisme aigu polyarticuleuse se déclara. Les masses musculaires du dos et des lombes étaient en même temps le siège de douleurs très vives. Vers le douzième jour, les douleurs se montrèrent à la région précordiale. Elles étaient accompagnées de dyspnée et de palpitations et elles cédèrent après quelques jours sous l'influence de vésicatoires appliqués coup sur coup loco dolenti. Le malade garda le lit pendant cinq semaines. Il resta affaibli avec des douleurs vagues, des engorgements périarticulaires et des palpitations qui revenaient au moindre effort. Arrivé à Lamalou-le-Haut au mois de juillet, il présentait encore un certain degré de tuméfaction autour des genoux et des poignets. Au cœur, on percevait des battements fréquents et un bruit de souffle doux, indiquant que la localisation rhumatismale qui avait frappé l'organe n'y avait laissé ni néoplasme considérable ni lésion valvulaire. Le jeune homme était pâle, anémié. La marche, surtout la montée, déterminaient facilement des palpitations. L'état général des forces laissait beaucoup à désirer. Pendant le traitement, on put observer une amélioration graduelle de l'état général et la diminution des empâtements périarticulaires. Deux mois après, la guérison paraissait complète. Il n'y eut pas de récidive de rhumatisme en hiver 1883 ; et quand, au mois d'août de cette même année, M. X... revient aux eaux, il n'avait plus qu'un bruit de souffle cardiaque à peine perceptible, quelques douleurs vagues et un certain degré d'affaiblissement général qui ne datait que de quelques semaines et était dû aux grandes chaleurs du mois de juillet : Cette nouvelle cure fit disparaître assez rapidement tous ces symptômes et depuis lors la guérison est restée assurée.

57. — III. Monsieur X... d'un tempérament sanguin-lymphatique, d'une forte constitution, est âgé de 14 ans. Il a toujours joui d'une bonne santé jusqu'au mois d'août 1879, époque à laquelle, à la suite d'un bain de rivière qui fut interrompu par un orage, il éprouva une première atteinte de rhumatisme polyarticulaire aigu. Les premiers jours, la fièvre fut très intense, mais après quinze jours de lit, la convalescence commença.

Elle fut très rapide, et dès le mois d'octobre le jeune malade pouvait reprendre ses études. En janvier 1880, par un temps de neige, nouvelle crise de rhumatisme aigu, plus forte que la première. Les malléoles, les genoux, sont le siège d'engorgements volumineux. La fièvre est intense. Vers le seizième jour, on constate des palpitations, du bruit de souffle, de la douleur à la région précordiale et de la dypsnée. Ces symptômes se calment peu à peu, sous l'influence d'une médication appropriée (sulfate de quinine, vésicatoires digitals. La convalescence a une marche très lente. Vers la fin de février, elle se complique de mouvements choréïques portant surtout sur l'épaule droite, sur le bras du même côté et sur les muscles de la face. Quand le jeune malade vient à Lamalou-le-Haut (juin 1880), il a encore des douleurs vagues, de la raideur dans les genoux et les malléoles et au cœur un bruit de souffle doux et des palpitations qui se produisent dès qu'il monte ou qu'il hâte le pas. Les mouvements choréïques existent, mais peu accentués. Sous l'influence du traitement balnéaire, ces mouvements reprennent avec une grande intensité. Le malade ne peut plus écrire et laisse souvent tomber ce qu'il tient à la main. Néanmoins les raideurs articulaires et les douleurs vagues diminuent sensiblement et l'état général s'améliore. Rien de modifié du côté du cœur. Après la cure, les mouvements choréïques diminuent rapidement et disparaissent quelquefois pendant des semaines entières et la santé générale va toujours en s'améliorant. En septembre 1880, second traitement thermal qui ravive, pendant les premiers jours seulement, les mouvements choréïques. En 1881, nouvelle cure : le cœur légèrement hypertrophié ne présente plus de bruits anormaux. La santé générale est bonne ; pas de récidives rhumatismales en hiver. Il y a eu à deux ou trois reprises des retours de mouvements choréïques, mais très atténués et ne durant que pendant quelques jours. En 1882, nouvelle cure thermale. La guérison est restée confirmée. Il n'y a plus de douleurs vagues ; les articulations sont complètement dégagées ; le cœur fonctionne normalement, le jeune malade a grandi et s'est beaucoup développé. L'usage des eaux ramène pendant quelques jours de légers mouvements choréïques qui n'avaient pas reparu depuis l'an dernier et qui sont le dernier vestige d'une maladie que l'on peut considérer comme guérie.

58.—IV. Névralgie.—M. C... a 59 ans, un tempérament lymphatique et une constitution délabrée par de longues souffrances. A 22 ans, il fut soigné pour une blennorrhée rebelle, par la cautérisation de l'urètre, au moyen de la sonde porte-caustique de Lallemand. Depuis, il a toujours eu le canal d'une extrême sensibilité. De 25 à 40, il a fallu, à diverses reprises, pratiquer la dilatation du canal de l'urètre pour un rétrécissement qu'il dit être spasmodique. Deux ou trois fois, il a eu des cystites du col. Il avait des pertes séminales fréquentes et un éréthisme nerveux presque permanent, avec insomnie habituelle et digestions laborieuses. En 1862, sous l'influence d'un refroidissement, il eut un lombago et peu après une névralgie sciatique qui dura plusieurs mois et fut guérie par une cure à Lamalou-le-Haut. Les eaux amenèrent une heureuse modification dans l'état nerveux du malade, et il y revint régulièrement deux fois par an, jusqu'en 1864.

En 1866, les douleurs qu'il ressentait de temps à autre et d'une manière tout à fait passagère dans le périnée, prirent le caractère d'une névralgie aigüe. Il souffrait dans la région du col vésical et avait des spasmes très douloureux dans le canal de l'urètre, accompagnés d'une constriction qui gênant la miction, produisaient des envies fréquentes d'uriner et le forçaient à se lever plusieurs fois dans la nuit. Une double cure, en juin et en octobre 1866, guérit cette névralgie et améliora très sensiblement l'état général du malade, qui fit de nouveau usage des eaux pendant plusieurs années. En 1881, il y revint après une interruption de 5 ans. Il avait été repris vers le printemps de la névralgie du périnée. La maladie, après avoir été à peu près continue pendant quelques semaines, prit la forme périodique et le fit cruellement souffrir.

A son arrivée à Lamalou-le-Haut, le malade est pâle, très amaigri et présente les signes d'une anémie générale profonde. Tous les soirs, vers neuf heures, bien qu'il ait fait un repas des plus légers, il est repris de douleurs violentes avec constriction du canal de l'urètre et besoin fréquent d'uriner. Les nuits se passent dans un état d'insomnie et d'éréthisme qui se calme peu à peu, permettant tout au plus 2 ou 3 heures de sommeil dans la matinée. Durant le jour, il éprouve dans le périnée des élancements plus ou moins fréquents, exaspérés par la moindre fatigue et par les troubles dyspeptiques qui accompagnent les digestions. M. C... est triste, taciturne, et recherche la solitude. Dès les premiers jours du traitement, il éprouve des effets sédatifs marqués, la crise névralgique est moins longue et moins intense ; le sommeil est meilleur ; les besoins d'uriner moins fréquents. Après le huitième bain, commence une période d'excitation qui ramène les douleurs à leur intensité primitive ; mais, après quelques jours de repos, le traitement peut être repris, et une nouvelle période de sédation s'établit. Cette fois, elle fut durable, et persista pendant le long séjour que le malade fit aux eaux. Quelques semaines après son départ, M. C... n'éprouvait plus que de rares élancements dans le périnée, la santé générale était assez satisfaisante et le nervosisme très diminué. Il a fait usage des eaux de Lamalou-le-Haut en 1882, 83 et 84, et la guérison ne s'est pas démentie. Il est toujours excitable ; il a encore parfois des élancements douloureux ; mais il n'a pas éprouvé de récidive de névralgie et la santé est beaucoup meilleure qu'elle ne l'était autrefois.

59. — V. Névropathie, Vertiges. — M. X.., tempérament lymphatico-sanguin, forte constitution; 54 ans; santé robuste jusqu'à 48 ans, ce malade est un négociant, qui, pendant longtemps, a commis de véritables excès de travail et a peut-être abusé du tabac. En 1879, des préoccupations d'affaires vinrent s'ajouter à ses travaux excessifs; il eut des insomnies, de l'éréthisme nerveux et des digestions de plus en plus laborieuses. En 1880, en outre de ces symptômes, il éprouva d'abord une grande lassitude générale, et, plus tard, dans la matinée surtout, des vertiges qui le forçaient à s'arrêter dans sa marche et à chercher un point d'appui. Cet état vertigineux se dissipait peu à peu, mais la tête restait lourde, la mémoire était moins fidèle, l'intelligence moins vive et le travail cérébral devenait de jour en jour plus pénible et plus fatiguant. En 1882, on conseille à M. X... les eaux de Lamalou-le-Haut. Il y arrive au mois de juin. Il est pâle, mais non amaigri. Il est réduit à ne faire qu'un grand repas par jour. La digestion est longue et laborieuse; les douleurs épigastriques et les flatulences se montrent 2 ou 3 heures après le repas de midi. Le déjeûner du matin est en général bien supporté. L'état vertigineux se produit surtout le matin au lever et plus tard, entre onze heures et midi. Le soir, si le malade prend autre chose qu'un bouillon, il est réveillé, après 3 heures de sommeil, par une douleur à l'épigastre, avec flatulences et malaise douloureux dans les régions dorsales et lombaires. Ces symptômes persistent pendant quelques heures, et cessent vers le matin, en même temps qu'une sueur abondante s'établit. Dans la journée qui suit, le malade est plus excitable et éprouve une lassitude générale plus intense qu'à l'ordinaire. Les bains sont bien supportés, l'eau du petit Vichy, prise à petites doses, stimule les organes digestifs. Peu à peu l'état général s'améliore; la digestion du repas de midi est plus facile; M X... essaie de prendre le soir quelques aliments légers. Il a pu digérer le second repas sans troubles gastralgiques; les nuits sont meilleures, le nervosisme très diminué; et, à la fin de la cure, l'estomac digérait beaucoup plus facilement, la gastralgie et l'état vertigineux avaient déjà été, dans une certaine mesure, heureusement modifiés. Un nouveau traitement thermal, fait au mois d'octobre, corrobora les bons résultats obtenus au mois de juin. M. X... a pu reprendre ses travaux; l'intelligence et la mémoire ont repris leur activité primitive et l'hiver 1882-83 se passe dans un état de santé relativement satisfaisant. Nouvelle cure thermale en 1883. Les digestions s'opèrent beaucoup plus facilement, les vertiges ne reviennent que très rarement; le nervosisme est resté très diminué. En résumé, M. X... peut être regardé comme un homme bien portant; il fait ses affaires comme par le passé; néanmoins, il est obligé, pour conserver sa santé, de travailler avec une certaine modération, et de n'user aux repas que d'aliments légers, et en quantité relativement peu considérable.

60. — VI. Névropathie grave, accidents hémiplégiques. — M. X..., est un négociant qui mène une vie très active. Il a 53 ans. D'un tempérament sanguin et d'une vigoureuse constitution, il a usé plus que de raison des plaisirs vénériens En 1877, il éprouva sans cause bien appréciable des palpitations, de la lassitude générale, et il perdit de son embompoint. Il fut regardé comme anémique; on lui conseilla une meilleure hygiène, du fer, des fortifiants et, plus tard, du bromure de potassium. Il y eut une amélioration notable de l'état du malade, mais il ne reprit ni l'embompoint, ni la santé d'autrefois. Il restait excitable et affaibli; il en était là, lorsqu'en octobre 1879 il éprouva des fourmillements et de l'engourdissement dans le bras et dans la jambe du côté gauche. Une véritable parésie motrice frappa ces membres, sans amener de troubles bien appréciables dans la sensibilité. Presque en même temps, la bouche subissait un peu de déviation et la parole devenait moins nette et moins facile. M. X... ne se souvenait pas d'avoir perdu connaissance, ni d'avoir rien éprouvé qui ressemblât à une attaque. Il se plaignait seulement d'une lourdeur légèrement douloureuse de la région frontale. Il n'avait cessé de vaquer à ses affaires que pendant quelques jours. Sous l'influence de purgatifs répétés et du bromure de potassium, ces symptômes diminuèrent peu à peu, mais sans disparaître. Le malade était d'une irritabilité extrême, entretenue par un état moral des plus pénibles, un sommeil insuffisant, de l'inappétence et des digestions laborieuses. Cet état dura pendant tout l'hiver 1880, et s'exaspéra vers le printemps. Il s'y ajouta des troubles des fonctions génératrices, et une grande difficulté à fixer l'attention et à se livrer aux travaux intellectuels. D'autre part, les insomnies et le nervosisme étaient portés à un haut degré; le malade était de plus en plus triste, et, à certains moments, il avait des idées de persécution et de suicide. C'est dans cet état qu'il vint à Lamalou-le-Haut, en juin 1880. L'hémiparésie était surtout apparente à la jambe et à la lèvre du côté gauche, dont la commissure se relevait difficilement. Après quelques jours, l'éréthisme nerveux fut notablement diminué; les nuits surtout furent plus calmes et, à la fin de la cure, il y avait une amélioration très appréciable des symptômes névropathiques et de l'état mental; l'hémiparésie persistait sans modification. Nouvelle cure en automne qui produit de bons effets. Au printemps 1881, l'hémiparésie a notablement diminué; la parole est libre, le nervosisme moindre, l'état général plus satisfaisant. Il y a encore un certain trouble des fonctions génératrices, que le malade attribue au bromure de potassium, et qui l'inquiète outre mesure. Il fait 2 cures thermales cette année-là. En 1882, il revient encore 2 fois à Lamalou-le-Haut, non plus pour combattre l'hémiparésie qui a disparu complètement, mais pour guérir un reste de nervosisme qui constitue, à lui seul, actuellement, toute la maladie. Une seule cure est faite en 1883. La santé générale paraît très bonne; M. X..., qui n'a jamais

cessé les affaires, les conduit à présent avec la même facilité qu'avant sa maladie; il ne lui reste qu'une certaine tendance à la tristesse et une irritabilité un peu excessive.

61. — VII (1). Mme X... a 31 ans, elle est très lymphatique et d'une constitution délicate. Il y a de l'herpétisme chez ses ascendants et elle-même a eu de l'eczéma à plusieurs reprises. Elle a été réglée à 14 ans et la menstruation a toujours été régulière. A 20 ans, bronchite grave, tenace, qui exige le séjour dans le midi. A 26 ans, lassitude générale, palpitations, nervosisme, la menstruation reste régulière, mais le sang est décoloré, de moins en moins abondant. Il y a des douleurs aux reins, des coliques utérines fréquentes, de l'odoralgie et un sentiment de pesanteur douloureuse permanent dans le petit bassin. Leuchorrhée assez abondante; affaiblissement des membres inférieurs, la malade ne peut marcher longtemps sans éprouver une grande fatigue et augmenter les douleurs. Elle a de l'hystéricisme, on constate des granulations du col qui sont traitées par des cautérisations et qui guérissent après un certain temps, sans que cette guérison amène une amélioration notable dans l'état général de la malade. En 1875, elle était dans cet état, lorsqu'à la suite d'une course à pied trop fatigante, elle éprouva une surexcitation très intense des douleurs siégeant dans les reins et dans le petit bassin. Cette douleur s'irradia bientôt dans les cuisses et y détermina des contractures musculaires, qui forcèrent la malade à s'arrêter et à s'asseoir. Ce phénomène se répéta à plusieurs reprises et Mme X.... rentra chez elle épuisée par la fatigue et se mit au lit. Elle y passa toute la journée du lendemain. La douleur se calma, les contractures cessèrent; mais quand elle voulut se lever, ses jambes pouvaient à peine la soutenir. Dès qu'elle avait fait quelques pas avec le bras d'un aide, il se produisait de la trépidation et des contractures dans les muscles des membres inférieurs. Cet état persista en s'améliorant peu à peu, et, après quelques mois, la malade ne pouvait encore faire cent pas, sans voir se produire de la douleur et des contractures dans les muscles adducteurs des cuisses.

Elle en était là lorsqu'elle vint à Lamalou-le-Haut pour la première fois, au printemps 1876. Des bains très courts et entremêlés de jours de repos furent très bien supportés. Ils diminuèrent le nervosisme, rendirent la marche plus régulière et permirent de la continuer plus longtemps; enfin ils améliorèrent l'état général dans une large mesure. Il fallait les interrompre de temps en temps à cause des congestions qu'ils amenaient vers les organes du petit bassin; mais, en résumé, ce traitement qui pouvait paraître formulé avec une prudence exagérée amena d'excellents résultats immédiats et consécutifs. Nouvelle cure en automne de la même année, à la suite de laquelle la malade put marcher assez longtemps sans voir les contractures se reproduire. En 1877, elle revint

(1) *Névropathie, paraplégie réflexe.*

7

encore deux fois à Lamalou-le-Haut; les contractures ne se montrent plus que rarement et à la suite d'une grande fatigue ; seules les douleurs persistent à se produire sous l'influence de la marche. L'état général est bon, il reste toujours un certain degré de nervosisme et des douleurs assez vives pendant les époques menstruelles.

En 1879 et 1880, Mᵐᵉ X... fait une seule cure par an. Elle peut être regardée comme guérie. Les contractures n'ont plus reparu, les douleurs des lombes et des cuisses ne se montrent que si la fatigue de la marche est poussée à l'extrême. Celles qui accompagnent les époques menstruelles et qui siègent surtout dans les régions ovariennes et lombotalles, sont très atténuées. Le nervosisme ne se traduit plus que par des spasmes rares et une sensation très supportable de serrement à la gorge. La santé générale est satisfaisante. Depuis trois ans la malade ne vient plus aux eaux, sa guérison est confirmée.

n 1879, M. le Dr Belugou sou-
mettait à la Société d'hydrologie
médicale de Paris, qui la publiait
dans ses Annales (t. xxiii), une
étude sur le traitement de l'ataxie
locomotrice par les eaux de
Lamalou.

Il pouvait s'y exprimer ainsi,
sans être contredit par ses savants
collègues :

*En France, c'est à Lamalou que sont plus spécialement adressés
les malades atteints d'ataxie locomotrice. Ce n'est rien apprendre
à personne aujourd'hui que de prétendre que les eaux de cette
station thermale jouissent d'une faveur exceptionnelle et* PRESQUE
EXCLUSIVE *dans le traitement du* TABES DORSALIS.

Elaguant de son travail tout ce qui pouvait paraître théorie ou
supposition, il a apporté à cette partie de la science médicale, à
laquelle il s'est voué, ses recherches et son expérience pratique.

Dans son étude : « Des Indications des Eaux de Lamalou dans le
Traitement des Névralgies, » il a, par une série d'observations prati-
ques, démontré l'heureuse influence de nos sources contre ces affections de formes si diverses qui sont « la torture habituelle de
« l'existence qu'elles transforment souvent en un long et cruel
« supplice. »

Il a justement établi et prouvé que dans les cas de cette nature,
c'était au delà des maladies déterminées qu'il fallait chercher l'indication dominante. Par cette méthode sûre, il a démontré que :

Les eaux de Lamalou constituent un moyen de traitement éminemment
favorable :

1° *Dans les névralgies qui dépendent d'une affection rhumatismale ou goutteuse;*

2° *Dans les névralgies où l'on peut invoquer l'influence d'un tempérament
nerveux ;*

3º *Dans celles qui sont liées à l'anémie, à l'épuisement de la constitution ou à la déchéance de l'organisme.*

Elles concluent un adjuvant précieux du traitement :

1º Dans les névralgies de nature syphilitique ;

2º Dans celles qui dépendent d'une maladie de matrice ;

3º Dans celles qui sont symptômatiques d'une affection des centres nerveux ;

4º Dans celles qui accompagnent la grossesse.

A propos de l'influence des eaux de Lamalou sur cette terrible maladie, il faut tenir grand compte de leurs éléments et de leur thermalité.

Les sources de Lamalou-le-Haut et de Lamalou-le-Centre, reconstituantes, toniques et sédatives par excellence, n'ont aucun des inconvénients graves des eaux chaudes sulfureuses, chlorurées et alcalines fortes ; elles présentent tous les avantages d'une thermalité des plus favorables. Avec une thermalité trop élevée, la fièvre thermale, l'acide carbonique aidant, devient trop intense et il faut alors diminuer la durée du bain, au grand détriment de ses effets, ou en abaisser la température, ce qui n'est possible qu'en diminuant d'autant ses vertus thérapeutiques.

La température des eaux minérales doit être considérée comme une qualité non comme une vertu.

Le bain chaud détermine il est vrai un surcroît d'activité, mais il est souvent aussi un moyen perturbateur et amène des congestions qu'il était surtout appelé à combattre.

Le bain tiède ou tempéré est celui auquel on devra recourir lorsqu'on veut que l'eau agisse surtout par ses qualités intrinsèques.

Il est le desideratum auquel répondent pleinement les sources de Lamalou-le-Haut et de Lamalou-le-Centre.

RÉSUMÉ DES INDICATIONS

ous les faits qui précèdent montrent que les eaux de Lamalou-le-Haut combattent avec succès l'affection rhumatismale, notamment **le rhumatisme articulaire chronique** chez les sujets lymphatiques anémiés, débilités par une cause quelconque.

Elles conviennent, tout spécialement, lorsque chez de jeunes sujets le rhumatisme porte à la fois sur les articulations et sur le cœur, ou lorsqu'il est accompagné d'une névrose comme la chorée. Il en est de même quand l'affection rhumatismale a pour siège l'estomac (gastralgie), ou produit d'autres complications des voies digestives ; ou, encore, lorsque cette affection atteint le tissu des nerfs ou des centres nerveux (**névralgies sciatique, faciale,** ou autres de nature rhumatismale; **rhumatisme cérébral, myélite rhumatismale avec paraplégie**).

En second lieu, comme par leur composition chimique elles sont essentiellement **reconstituantes**, et que la balnéation produit des effets toni-sédatifs très marqués, on comprend qu'elles soient tout spécialement indiquées dans les maladies dans lesquelles on a à combattre l'appauvrissement du sang : telles que la chlorose, la chloro-anémie, les anémies que le fer et l'arsenic peuvent guérir, les **convalescences de fièvres ou de maladies graves; les névralgies et les névropathies** qui sont sous la dépendance de l'anémie ou de l'épuisement des systèmes nerveux, telles que **l'anémie cérébrale, le vertige stomacal, le nervosisme qui accompagne les pertes séminales.** Ces mêmes propriétés reconstituantes expliquent leur action dans les **maladies de matrice,** qui sont presque toujours accompagnées **de nervosisme et d'appauvrissement des éléments constitutifs du sang.**

'action sédative, que l'on développe par la médication hydro-minérale à Lamalou-le-Haut, explique l'efficacité de ces eaux dans les **névralgies, dans les névroses, telles que l'hystérie et la chorée,** qui ne reconnaissent pour cause ni le rhumatisme ni l'anémie. Elles combattent, en effet, avec beaucoup de succès, **l'éréthisme nerveux** extrême et les **phénomènes convulsifs ou paralytiques (hémi-anesthésie, paraplégie, hémiplégie, mouvements choréiques)** qui accompagnent ces grandes névroses. L'expérience démontre aussi que ces propriétés toni-sédatives, que l'on voit calmer le désordre et relever les forces du système nerveux, peuvent exercer **une action élective sur la moelle épinière** et devenir tout spécialement modificatrices des fonctions de cet organe. C'est ainsi que l'on peut expliquer les guérisons ou les améliorations très notables obtenues dans les cas **d'ataxie locomotrice** (1) **de myélite, de paralysie infantile ou spinale des adultes, de paraplégie avec parésie vésicale et autres symptômes paralytiques d'origine spinale.**

Enfin on peut instituer par la balnéation et l'usage à l'intérieur des eaux alcalines du Petit-Vichy une médication diurétique efficace dans certains cas **de goutte et de gravelle,** ou une médication eupeptique et doucement reconstituante qui relève les forces des malades atteints de lésions organiques de l'estomac ou de l'intestin.

---

(1) M. le docteur Constantin James, dans son Guide pratique des eaux thermales, dit : « ATROPHIE MUSCULAIRE; ATAXIE LOCOMOTRICE PROGRESSIVE. — Le traitement thermal de ces affections rentre dans celui des paralysies que nous venons de décrire. Ce sont les mêmes indications; ce sont aussi les mêmes eaux. Toutefois les eaux de Lamalou sont *incontestablement* celles qui m'ont jusqu'à présent fourni les meilleurs résultats. »

CONTRE-INDICATIONS

ur les maladies qui reconnaissent pour cause l'herpétisme ou la syphilis, les eaux de Lamalou-le-Haut ne produisent aucun effet durable. Elles ne peuvent que modifier, d'une manière passagère, les manifestations névropathiques de ces états généraux. Elles sont formellement contre-indiquées dans la **tuberculisation pulmonaire** et dans la plupart des maladies des organes respiratoires, ainsi que dans les lésions avancées du cœur, alors même qu'elles seraient d'origine rhumatismale. Elles sont aussi contre-indiquées **dans les lésions irritatives de l'encéphale, la congestion cérébrale et la paralysie générale.**

Montpellier

MÉDAILLE D'OR

Montpellier

Toulouse

CHAPITRE VII

LAMALOU-LE-CENTRE

Les observations sur la topographie et la climatologie de Lamalou-le-Haut s'appliquent également à Lamalou-le-Centre.

La Constitution géologique du vallon comprend dans toute sa longueur les mêmes éléments, mais ils varient dans leurs dispositions ; de là, grande analogie dans les diverses sources et aussi vertus particulières à celles de chacun des trois établissements.

Lamalou-le-Bas est formé par des terrains de transition recouverts de marnes irisées ; à Lamalou-le-Centre, les mêmes marnes irisées se trouvent en contact avec les schistes talqueux, et, à Lamalou-le-Haut, leur union devient plus complète.

Le vallon de Lamalou forme le Centre et comme le récipient de gisements et de mines d'une grande richesse. Des mines abondantes de cuivre existent à Saint-Gervais, Neffiès, Hérépian et Lamalou : des filons de manganèse, de fer sulfuré, de galène, des gisements de sulfate de baryte, etc., se réunissent dans un rayon de quelques kilomètres. L'arsenic qui existe dans plusieurs des sources de Lamalou est en quantité très appréciable à Lamalou-le-Centre et à Lamalou-le-Haut, aussi les propriétés reconstituantes de ces eaux sont-elles justement invoquées.

Vue générale de l'Hôtel et de l'Établissement thermal de Lamalou-le-Centre.

Chacun des trois établissements du vallon de Lamalou a tenu à avoir sa légende. Celle de Lamalou-le-Haut se lit sur les bords de granit de la piscine romaine.

Lamalou-le-Bas « veut qu'un paysan impotent, par suite de
« douleurs articulaires très vives, se soit guéri en se plongeant dans
« un bourbier situé près de la source actuelle. Le fait se serait passé
« vers 1640, d'après le propriétaire. »

Lamalou-le-Centre tient à donner aussi son titre d'origine : n'ayant
pas les parrains illustres du Haut, il a repris comme son bien propre
la légende du Bas et sa valeur revêt le caractère d'une indiscutable authenticité.

« Entre ces deux établissements, au milieu de cette abondance
« d'eaux thermales ferrugineuses, et au bas d'une colline ombragée
« de châtaigniers séculaires, se trouve Lamalou-le-Centre. C'est là
« qu'une nouvelle source d'eau thermale a été découverte, il y a
« quelques années, d'une manière presque providentielle.

« Un vieillard presque septuagénaire des environs, perclus de
« douleurs, que rien n'avait pu calmer, fatigué de prendre d'autres
« bains sans soulagement, se fit descendre dans le trou où il avait
« remarqué cette source.

« Nous laissons les autorités locales rapporter ce fait. »

ous soussignés, Ferdinand Ferret, maire de Villecelle ;
Delmas et Bernard, conseillers municipaux, déclarons
et attestons que le sieur Denis, de l'Orb, âgé de 70 ans,
perclus de douleurs qui le privaient de l'usage de
ses membres, se faisait descendre dans le trou où il
avait remarqué la source Bourges, à Lamalou-du-Centre, et qu'après
y avoir pris une trentaine de bains, il fut entièrement guéri, jeta
ses béquilles et marcha comme avant sa paralysie, aux yeux de tout
le public.

Fait à la mairie de Villecelle, le 23 juillet 1857.

Signé : F. Ferret, maire ; Delmas, Bernard, adjoints.

Cette fois la légende parait avoir trouvé son vrai propriétaire,

EXTRAIT DU RAPPORT

De la Commission des Eaux minérales

u commencement de février 1848, M. le Ministre du commerce consulta l'Académie de médecine sur les propriétés et la composition chimique de l'Eau minérale de Lamalou-le-Centre, pour l'exploitation de laquelle une demande d'autorisation avait été faite. M. O. Henry, chimiste de l'Académie, à qui la Commission déféra ce travail, après l'attentif contrôle de l'analyse, se plut à reconnaître que les opérations auxquelles s'étaient livrés les chimistes de l'Hérault avaient dû les conduire aux résultats annoncés par eux, et même cette analyse lui parut si exacte et si méthodique qu'il la prit pour guide de son propre travail dans le laboratoire de l'Académie. Il résulte de cette analyse de M. O. Henry, que l'eau de Lamalou-le-Centre est une eau ferrugineuse, alcaline, carbonatée, sensiblement arsénicale.

Voici de quels éléments M. O. Henry a trouvé cette eau composée, et dans quelles proportions il en a constaté la présence dans un litre d'eau :

Acide carbonique libre (à Paris)...........	1/2 volume.
Azote...................................	Quantité indéterminée.
Bicarbonate de chaux ⎫ de magnésie ⎬ ensemble......	0,678
— de soude avec trace de potasse.	0,420
— de fer, avec crénate et apocrénate.	0,031
Sulfate de soude ⎫ — de chaux ⎬ ensemble.............	0,065
Chlorure de sodium.....................	0,010
Silice et sélicate d'alumine.............. ⎫	
Manganèse............................ ⎬	0,025
Principe, phosphate (phosphate d'alumine).. ⎩	
	1,229 1/2
Principe arsénical......................	Sensible quantité.
Matière organique......................	Quantité indéterminée.

1 gramme 229 millig. de principe salin par litre d'eau, c'est peu pour la chimie, qui mesure et pèse ; mais cela est beaucoup pour les organes vivants et susceptibles, s'ils en reçoivent avec opportunité le contact et l'action. L'autre source de Lamalou, voisine de celle-ci, est composée de principes analogues par leur nature ; elle en renferme des quantités encore moindres, il est donc permis de croire que celle-ci ne lui est pas inférieure en vertus. Il faut d'ailleurs remarquer que le principe arsénical a paru plus abondant dans les résidus ainsi que dans le dépôt ocrassé, puisque MM. Audouard, Bernard et Fraisse, si compétents pour de telles analyses, surtout M. Audouard, de Béziers, n'ont pas craint d'évaluer la quantité de cet arsénic à 24 parties sur 100,000.

Or, Fowler et Pearson, par leurs formules consacrées, MM. Biet et Roudin, par leurs expériences, par leur pratique, nous ont appris quels puissants effets produit l'arsenic, même à de très petites doses.

L'eau de Lamalou-le-Centre agit encore en raison de sa thermalité, ce qui ajoute aussi aux propriétés inhérentes des principes qu'elle recèle.

Ajoutons encore qu'elle est assez abondante pour alimenter un établissement particulier, outre que cet établissement viendrait en aide à son voisin, alors que ce dernier a trop de malades pour la quantité d'eau dont il dispose.

En résumé, l'abondance des Eaux, leur thermalité bien avérée, leur nature ferrugineuse et bicarbonatée, sont les motifs qui persuadent la Commission des Eaux minérales de répondre à M. le Ministre qu'il y a lieu d'autoriser l'exploitation de cette source minérale, laquelle paraît destinée à accroître les richesses hydrologiques de l'Hérault.

Vu et adopté en séance publique, le 27 octobre 1848.

Le Secrétaire perpétuel,
Signé : Dubois.

Paris, le 7 décembre 1848.

Vu le rapport ci-dessus, l'exploitation de cette source est autorisée en se conformant aux obligations et aux règlements relatifs aux Eaux minérales.

Le Ministre de l'agriculture et du commerce,
Signé : Tourel.

 es sources minéro-thermales de Lamalou-du-Centre ont été déclarées d'intérêt public, avec périmètre de protection, par décret impérial, en date du 28 octobre 1868.

Analyses faites sur les lieux mémes par les chimistes désignés par M. le Préfet de l'Hérault.

RÉSULTAT DE L'ANALYSE :		ANALYSE CALCULÉE :	
Acide carbonique libre ou formant le bi-carbonate	1 lit. 6866	Acide carbonique	0,6950
Azote	0,0084	— sulfurique	0,0400
Carbonate d'ammoniaque	0.0005	— phosphorique	traces.
Carbonate de soude	0,3677	— chloridrique	0,0065
— de magnésie	0,0719	— arsénique	id.
Sulfate de soude	0,0428	— borique	traces.
Chlorure de sodium	0,0092	Silice	0,0181
Alumine	0,0055	Alumine	traces.
Carbonate de chaux	0,4275	Potasse	
Fer avec crén^te et apocré^te	0,0221	Soude	0,2197
Silice	0,0181	Lithine	
Sulfate de chaux	0,0270	Chaux	0.2505
Principe arsénical	sensible.	Magnésie	0,0347
Matière organique azotée	0,0242	Protoxide de fer	0,0137
		Manganèse	traces.
		Matière organique	0,0243
	1,0258		1,3025

EXTRAIT DU MÉMOIRE DE M. LE DR MOITESSIER

Professeur agrégé, chef des travaux
chimiques à la Faculté de médecine de Montpellier.

armi les nombreuses sources que l'on rencontre dans le vallon de Lamalou, quatre seulement ont une température suffisamment élevée et sont assez abondantes pour alimenter des bains. L'identité de composition qui existe entre deux d'entre elles réduit même le nombre à trois.

» Les différences relatives à la composition chimique de ces sources n'affectent guère que les proportions de quelques éléments et ne peuvent avoir, au point de vue médical, qu'une médiocre importance.

» La quantité d'acide carbonique libre est plus faible à Lamalou-le-Bas qu'à Lamalou-le-Haut, *et plus considérable à Lamalou-le-Centre que dans les deux autres.*

» Il est à remarquer que ces variations sont liées à celle de la température, et que la source la moins chaude est la plus gazeuse.

» La quantité de gaz que laissent dégager celles de Lamalou-le-Centre est la cause d'une différence dans les sensations que produisent les bains ; on ne tarde pas à voir, en effet, une quantité de bulles gazeuses s'appliquer à la surface de la peau et donner lieu à un picotement et une rubéfaction plus considérable que ne le font les autres sources. Cette Eau présente dans sa composition chimique de grandes analogies avec celle de Lamalou-le-Bas et surtout avec celle de Lamalou-le-Haut.

» Une des actions les plus remarquables des Eaux de Lamalou est celle qu'elles exercent sur la circulation. Dès les premiers instants du bain, celle-ci acquiert une plus grande activité, et le nombre des pulsations s'accroît généralement de 4 à 5 par minute ; mais cet effet n'est que passager, et le pouls ne tarde pas à s'abaisser au-dessous de son rhythme normal, pour s'y maintenir pendant toute la durée du bain.

» Les bicarbonates alcalins suivent une progression inverse à celle de l'acide carbonique libre, sensiblement égale à Lamalou-le-Centre et le Haut ; leurs proportions augmentent d'une manière notable à Lamalou-le-Bas.

» La proportion du fer est également sujette à quelques variations; l'acide phosphorique suit sensiblement les mêmes variations que le fer.

» L'arsenic et le cuivre sont des éléments constants dans les trois sources et leurs proportions semblent ne varier que dans d'étroites limites.

» La chaux et la magnésie ne présentent que des différences sans importance, et leur quantité reste à peu près constante.

» **En résumé, les sources du Centre et du Haut, presque entièrement semblables entre elles, sont plus ferrugineuses et plus gazeuses que celle de Lamalou-le-Bas,** qui est au contraire plus riche en bicarbonates alcalins et terreux.

» De nombreuses observations, recueillies dans les trois établissements de Lamalou, montrent l'efficacité incontestable de ces thermes dans le traitement des diverses formes de l'affection rhumatismale et des maladies nerveuses essentielles qui ne sont sous la dépendance d'aucune lésion organique. Elles produisent aussi des effets merveilleux dans le traitement de la chlorose et de l'anémie, et guérissent comme par enchantement les diverses formes de cet état pathologique.

» A quels principes chimiques doit-on attribuer les effets des eaux de Lamalou? Quoique leur nature, essentiellement ferrugineuse, semble rendre compte de quelques-uns de ces effets, on ne saurait cependant expliquer leur action par celle des éléments qui la constituent isolément; toujours est-il que les analogies chimiques qui existent entre les sources des trois établissements sont confirmées par celle de leur action thérapeutique, **et leur efficacité est la même dans le traitement des maladies semblables.** Toutefois, au milieu de ces analogies, le médecin dispose de quelques éléments variables : la température et la quantité d'acide carbonique libre.

» L'action des eaux de Lamalou administrées à l'intérieur n'est pas moins importante que celle que nous venons d'étudier, et le médecin peut tirer de leur emploi, soit seul, soit combiné avec celui des bains, des avantages incontestables.

» Parmi les sources employées comme buvette, la source de Capus et la **source Bourges,** toutes les deux situées à Lamalou-le-Centre, sont, sans contredit, les plus importantes de la vallée.

» L'Eau de Capus, ainsi appelée du nom de son propriétaire, paraît avoir une origine fort ancienne. Elle jaillit à fleur de terre et se rend dans un petit réservoir en pierre, d'où elle s'écoule pour se perdre dans le ruisseau.

» Cette Eau, très ferrugineuse, contient fort peu d'acide carbonique libre; de sorte qu'elle ne tarde pas à abandonner la plus grande partie du fer qu'elle contient en dissolution. Parfaitement limpide à la source, elle laisse bientôt déposer un sédiment fort abondant, en dégageant une petite quantité de bulles gazeuses ; elle ne saurait être conservée, quelque soin que l'on prenne à boucher les bouteilles qui la renferment, et deux ou trois heures suffisent pour lui faire abandonner la plus grande partie de son fer : c'est là un grave inconvénient qui ne permet pas son transport.

» Ingérée à la dose de quelques verres par jour, elle amène généralement, au début, de la pesanteur de la tête et de l'embarras d'estomac ; ses effets purgatifs sont peu sensibles, à moins qu'on en fasse un usage exagéré ; la faible proportion de ses principes minéralisateurs rend facilement compte de cette différence d'action selon les doses. Enfin, après quelques jours de traitement, les malades ne tardent pas à éprouver une tonification puissante, qui se traduit de diverses manières, selon la nature des états pathologiques.

» La source Bourges, située aussi à Lamalou-le-Centre, à quelques mètres seulement de celle de Capus, avait attiré mon attention en 1860. Elle arrive à la surface du sol par un trou de sonde d'une profondeur de 25 mètres. Un dôme de maçonnerie en recouvre l'orifice et met ainsi, à son émergence, l'Eau minérale à l'abri des influences atmosphériques. Sur mon invitation, le propriétaire a bien voulu faire découvrir l'orifice du trou de forage ; j'ai alors assisté à un phénomène remarquable que je n'avais encore observé sur aucune source du vallon. L'eau s'élève à la surface du sol, entraînant avec elle une quantité de bulles gazeuses qui lui donnent l'apparence d'un liquide en ébullition. Après avoir atteint une hauteur de 30 centimètres au-dessus de l'orifice, le niveau s'abaisse rapidement à une hauteur moindre que la première. Le jaillissement cesse de nouveau après quelques secondes et se reproduit ensuite pour atteindre sa hauteur maximum (1). Sa température est de 26°,7 et n'a subi depuis cinq ans aucune variation. Abandonnée au contact de l'air, elle laisse déposer un sédiment ocreux. Conservée au contraire dans des bouteilles bien bouchées, elle ne subit aucune altération, et j'ai pu constater que, même après plusieurs années, elle n'avait perdu aucune de ses propriétés. Sa saveur, très acidulée, est légèrement styptique. Quant à sa composition, elle a été aussi invariable que sa température. La nouvelle analyse que je viens d'effectuer concorde de la manière la plus complète avec celle que j'ai déjà publiée en 1860.

---

(1) Ce phénomène a été aussi observé par M. le Dr Filhol, à la source François de Lamalou-le-Haut et à la source Nouvelle de Lamalou-le-Centre.

TABLEAU COMPARATIF

DES SOURCES THERMALES DE LAMALOU

Par M. le docteur Albert MOITESSIER

Professeur agrégé, chef des travaux chimiques à la Faculté
de médecine de Montpellier.

ANALYSE DES EAUX................	du CENTRE	de BOURGES	du HAUT	du BAS
Bicarbonate de soude..............	0,4744	0,4744	0,3172	0,6675
— de potasse	0,1551	0,1331	0,1994	0,2182
— de lithine..............	traces.	traces.	traces.	»
— de chaux	0,6210	0,6210	0,5655	0,7632
— de strontiane..........	traces.	traces.	»	»
— de magnésie	0,2020	0,2020	0,1960	0,2722
— de fer.................	0,0220	0,0224	0,0229	0,0101
— manganèse.............	traces.	traces.	traces.	traces.
Chlorure de sodium...............	0,0264	0,0166	0,0254	0,0266
Sulfate de chaux	0,0408	0,0408	0,0286	0,0413
Phosphate de soude	traces.	traces.	0,0055	0,0028
Arséniate de soude...............	0,0004	0,0004	0,0004	0,0004
Borate de soude.................	traces.	traces.	traces.	traces.
Sulfate de cuivre	id.	id.	id.	id.
Silice...........................	0,0280	0,0285	0,0445	8,0495
Alumine.........................	traces.	traces.	traces.	»
Acide crénique et apocrénique	id.	id.	id.	traces.
	1,5606	1,5606	1,4628	2,0513
	cm c	cm c	cm c	cm c
Acide carbonique libre	690,0	690,0	324,0	204,0
Oxygène........................	0,5	0,0	2,5	2,0
Azote...........................	6,5	0,0	6,0	10,1

Comme on le voit par le tableau ci-dessus, les eaux de Lamalou-le-Centre sont les plus gazeuses de la vallée.

CHAPITRE VIII

PRINCIPALES SOURCES

SOURCE BOURGES

'après l'analyse faite par M. le Dr Moitessier, il résulte que la source Bourges contient 690.0 d'acide carbonique libre, et la source de Lamalou-le-Bas, 204.0.

Des analyses comparatives et répétées ont permis de maintenir que ces eaux sont des plus gazeuses connues, et qu'elles contiennent trois fois plus de gaz que celles de Lamalou-le-Bas.

En outre, « plus ferrugineuses et plus toniques, elles paraissent « plus applicables dans tous les cas où le système nerveux est en « qùestion, dans la chloro-anémie, scrofules et dans l'atonie surtout. » (Dr Moitessier.)

M. le Dr Sabatier, dans un mémoire sur les eaux minérales de Lamalou-le-Centre, dit :

n grandes parties semblables à celles des « deux autres Etablissements, elles renfer- « ment des principes particuliers qui les « rendent applicables dans d'autres affec- « tions. »

L'arsenic, par exemple, qui se trouve en assez grande quantité, indique, *a priori,* ce que l'expérience nous a démontré, que ces eaux pouvaient être utilisées dans les maladies de la peau... C'est administrées en bains, que nous leur voyons produire des effets vraiment merveilleux dans la plupart des maladies des voies uri- naires, dans les néphrites chroniques, mais notamment dans les vieux catharres de la vessie.

Le Dr Sabatier ajoute :

« L'affection rhumatismale dans toutes ses manifestations se trouve avantageusement combattue par les eaux de Lamalou-le-Centre. » Après avoir passé en revue les formes si nombreuses du rhumatisme articulaire, sciatique, névralgies, celles qui se produisent sous l'influence de la chlorose, les gastralgies, etc., il termine en disant : « Dans des cas pareils, il nous est arrivé souvent d'obtenir des résultats vraiment merveilleux de l'usage de ces eaux. Quelques bains suffisaient pour débarrasser les maladies de douleurs qui avaient résisté à toute la série de moyens qu'on dirige habituellement contre le rhumatisme. »

M. le Dr Cosson, de la Faculté de Paris, ancien Président de la Société botanique de France, apprécie dans les termes suivants les sources de Lamalou-le-Centre :

eux saisons de bains que j'ai faites à Lamalou où je suis venu de Paris chercher un soulagement à une affection rhumatismale grave, m'ont mis à même de constater l'heureuse influence exercée par les eaux minérales et thermales de cette belle vallée sur de nombreux malades et sur moi-même, et je considère comme un devoir de reconnaissance de contribuer pour une faible part à appeler l'attention de mes confrères sur cette importante station thermale.

Les eaux de Lamalou, à raison de leur température ainsi que de leur composition, qui les fait participer à la fois aux propriétés des eaux gazeuses, alcalines et ferrugineuses (elles renferment de l'acide carbonique libre et associé au fer et à la soude, de l'arséniate de soude, etc.), sont prescrites utilement dans la plupart des affections pour lesquelles un traitement thermal est indiqué.

Ainsi les névralgies, le rhumatisme même dans ses formes les plus rebelles, la goutte, les affections non organiques du viscère, etc., sont soulagés et souvent guéris par les eaux de Lamalou prises en bains et en boissons.

Mais c'est surtout contre l'anémie,

la chlorose, la diathèse lymphatique ou scrofule, si commune surtout dans les grandes villes et spécialement chez les jeunes filles, ainsi que contre l'ataxie locomotrice que Lamalou offre les ressources thérapeutiques les plus précieuses.

L'établissement de Lamalou-le-Centre en particulier, par ses eaux ferrugineuses si riches en acide carbonique libre, obtient de nombreuses guérisons dans ces dernières affections.

Analyse de la source Bourges, par M. le professeur WILLM, *de Paris (1878).*

ÉLÉMENTS	SOURCE BOURGES		SOURCE MARIE	
Acide carbonique total............	1 gr.	5336	2 gr.	2100
Acide carbonique libre............	1	1639	2	7700
Arsenic (milligrammes)..........	0	0001	0	0000.6
Silice..........................	0	0284	0	0308
Oxyde ferrique.................	0	0072	0	0054
— manganèse..............	traces.		traces.	
Calcium avec trace de strontium..	0	0801	0	1299
Magnésium....................	0	0241	0	0368
Acide carbonique (Co^2)..........	0	2528	0	4000
— arsénique (ASo^4)..........	0	0002	0	0001
— phosphorique (Pho^4).......	0	0008	traces.	
— sulfurique (So^4)...........	0	0301	0	0287
Chlore.......................	0	0102	0	0170
Sodium......................	0	0536	0	0886
Potassium....................	0	1032	0	0390
Lithine......................	0	0001.3	0	0001.7
Cuivre......................	traces.		traces.	
Acide borique.................	douteux.		douteux.	
Matière organique.............	non déterminée			
Total..............	0	5197.3	0	7664.6
Résidu obtenu.......	0	5106	0	7607

Proportion des composés salins attribués par le calcul à un litre d'eau

de la source Bourges (Dr MOITESSIER).

Bi-carbonate de soude...............	0,4744
— de potasse................	0,1551
— de chaux...............	0,6210
— de lithine...............	traces.
— de magnésie............	0,2020
— de fer................	0,0220
— de manganèse...........	traces.
Chlorure de sodium...............	0,0164
Sulfate de chaux................	0,0408
Phosphate de soude...............	traces.
Arséniate de soude...............	0,0004
Sulfate de cuivre................	traces.
Borate de soude.................	traces.
Silice.......................	0,0285
Alumine....................	traces.
Acide crénique et apocrénique.........	traces.
	1,5606
Acide carbonique libre.............	690,0
Oxigène....................	0,5
Azote.....................	6,5

Aujourd'hui, par des procédés spéciaux, on extrait des sels naturels de ces Eaux, qui servent à la fabrication des *pastilles* et du *chocolat* ferrugineux, *bonbons délicieux* employés avec succès dans tous les cas où l'indication du fer est nécessaire, et la commission nommée par M. le Préfet de l'Hérault, à l'exposition du 12 mai 1863, a décerné à M. Bourges une médaille d'argent à titre d'encouragement.

SOURCE DES BAINS

ette source a les mêmes propriétés et même composition à très peu près que celles de Capus et Bourges. Elle se distingue par sa thermalité qui est, dans des conditions remarquables, pour être administrée en bains et produire les meilleurs résultats.

L'eau de cette source, dit le rapport médical de la commission des eaux minérales, contient un principe arsenical plus abondant que les autres, puisque d'après MM. Audouard, Bernard et Fraisse, il est de 24 parties sur 100,000.

Quels qu'aient pu être autrefois les excellents résultats obtenus par l'immersion dans les trous boueux d'où s'échappaient les sources. C'eut été se montrer peu soucieux des services qu'elles étaient appelées à rendre, en ne venant pas en aide à la nature ; aussi dès avant 1868, date à laquelle les sources de Lamalou-le-Centre furent décrétées d'intérêt public, un établissement des plus confortables y était créé avec piscines convenablement arrangées et recevant une eau constamment renouvelée, on y ajouta une galerie de baignoires et des galeries de douches. L'ensemble fut complété par un matériel hydrothérapique qui répondait à toutes les exigences ; appareils de douches, hydro-mélangeurs, bains de vapeur avec fumigation térébenthinée, bains de siège à eau courante, douches intérieures et extérieures.

Depuis cette époque, l'établissement thermal de Lamalou-le-Centre a été remanié de fond en comble. L'ancien aménagement n'y est plus représenté que par les piscines, encore ont-elles été augmentées, agrandies et revêtues de plaques de faïence. De grands cabinets, contenant de spacieuses baignoires, permettent de donner des bains à la température que l'on veut. Un bassin d'eau surchauffée a été aménagé pour les personnes qui veulent prendre les bains en baignoires à une température plus élevée que celle de la source.

Les bains en piscines sont donnés à la température naturelle : 29 à 30 degrés centigrades.

Deux vastes bassins, l'un d'eau chaude, l'autre d'eau froide, ont été construits à 10 mètres au-dessus du niveau de l'établissement thermal ; ils servent à alimenter les douches, qui sont administrées dans des cabinets bien installés et munis d'appareils nouveaux et variés ; un *hydro-mélangeur* permet de donner des douches à toutes les températures prescrites.

Un fauteuil à bain de siège à eau courante avec douches variées en arrosoir et douches utérines (modèle de l'exposition à Paris), un autre fauteuil pour douches ascendantes rectales (modèle des plus nouveaux), et en outre un bassin d'eau froide, disposé de façon à alimenter un service hydrothérapique, communique isolément, quand on le veut, avec les appareils ci-dessus, et fournit l'eau nécessaire aux douches en cercles composées de sept grandes pommes d'arrosoir, que l'on peut à volonté remplacer par d'autres jets. Tous ces appareils sortent de la maison Charles, de Paris.

Un appareil à bain de vapeur simple ou térébenthiné a été installé dans une pièce voisine du cabinet des douches, et permet de joindre la sudopathie à l'hydrothérapie. Une petite piscine a été établie dans le cabinet des douches pour le cas où, après le bain de vapeur, l'immersion dans l'eau froide serait préférable à la douche hydrothérapique.

Telle est, dans son ensemble, la nouvelle installation balnéaire de Lamalou-le-Centre, qui est aujourd'hui la plus complète et la mieux organisée du vallon de Lamalou.

Analyse de la source des Bains, par M. le professeur

MOITESSIER.

ÉLÉMENTS	
Bicarbonate de soude	0,4744
— de potasse	0,1551
— de lithine	traces.
— de chaux	0,6210
— de strontiane	traces.
— de magnésie	0,2020
— de fer	0,0220
— manganèse	traces.
Chlorure de sodium	0,0264
Sulfate de chaux	0,0408
Phosphate de soude	traces.
Arséniate de soude	0,0004
Borate de soude	traces.
Sulfate de cuivre	id.
Silice	0,0280
Alumine	traces.
Acide crénique et apocrénique	id.
	1,5606

	cm c
Acide carbonique libre	690,0
Oxygène	0,5
Azote	6,5

SOURCE MARIE

a source Marie, la plus légère et la plus agréable des eaux de table, est remarquable par ses propriétés diurétiques et légèrement laxatives.

La stimulation qu'elle exerce sur les organes digestifs et les principes reconstituants qu'elle renferme, la rendent précieuse dans les maladies de l'estomac et des intestins.

Recommandée dans les affections de la vessie et du foie, dans la gravelle et dans le diabète.

L'analyse chimique révèle sa richesse surtout en *gaz acide carbonique* et en *alcalin*.

Elle contient en outre, 0,03 de fer par litre, et 0,0005 d'arsenic.

Le transport ne lui enlève aucune de ses propriétés, même après plusieurs années.

Nous avons donné l'analyse de cette source, d'après
M. le professeur Wilm. — page 110.

SOURCE NOUVELLE (Victor)

 n 1877, une nouvelle source fut découverte et on lui a donné le nom de source Victor.

Voici à son sujet ce que dit le Journal de pharmacie et de chimie, d'après analyse faite par le professeur Béchamp, de la Faculté de Montpellier.

« Le forage qui lui a donné naissance a été pratiqué à 150 mètres environ des anciennes sources. La nouvelle source fournit 300 litres d'eau par minute.

« L'eau de cette source est parfaitement limpide, pétillante et très gazeuse ; elle conserve sa limpidité et son gaz quand elle a été mise en bouteilles, et peut être transportée.

Nous possédons, à Lille, deux bouteilles d'eau puisées depuis longtemps ; les qualités sapides de l'eau et sa composition n'ont pas changé.

Les gaz et l'acide carbonique total ont été dosés, à la source même, par M. de Gérard, professeur agrégé à la Faculté de Montpellier (1). »

On a procédé par des méthodes connues à la détermination des acides, des bases, du cuivre, du manganèse et de l'arsenic.

La lithine était un élément très important à découvrir, à cause des propriétés thérapeutiques des sels de lithine. Il est à remarquer que cette source en contient plus que toutes celles qui émergent dans le vallon de Lamalou.

---

(1) D'après des expériences récentes faites par M. Gesta, son nouveau propriétaire, la force ascensionnelle de cette source est de 5 mètres au-dessus du sol.

Les éléments qui composent l'eau de la nouvelle source de Lamalou-le-Centre sont les suivants, les nombres étant rapportés à 1,000 grammes d'eau minérale (M. le professeur Béchamp).

Bi-carbonate de soude..	0,0252
Bi-carbonate de lithine.	0,0040
Bi-carbonate de magnésie..	0,1827
Bi-carbonate de chaux..	0,2313
Sulfate de potasse..	0.0203
Sulfate de soude.	0,0598
Chlorure de sodium..	0,0352
Paroxide de fer et alumine..	0,0310
Acide silicique..	0,0360
Acide phosphorique, manganèse, cuivre.	traces
Acide carbonique libre.	1,46
Oxigène.	0,30
Azote.	0,99

ette source, que le public a tout d'abord surnommée l'Orezza de Lamalou, a même origine que celle de Capus, mais présente un double avantage ; comme elle réunit beaucoup de gaz acide-carbonique à une grande quantité de fer, ses eaux sont beaucoup plus légères et n'ont rien à craindre du transport. De plus, elles sont bien supérieures à celles d'Orezza, car elles ne déposent pas. Elles sont réputées comme une des meilleures eaux de table.

Les médecins l'ordonnent avec le plus grand succès dans toutes les maladies de l'estomac, des reins et de la vessie. La présence de la lithine les rend fort utiles dans la goutte et dans le rhumatisme ; leur richesse en fer et en alcalins dans la chlorose, l'anémie et pendant la convalescence de maladies graves.

On les donne, en bains de piscine, à 32°; et en bains de baignoire à eau courante, à toutes les températures jusqu'à 36°, suivant la prescription des médecins consultants.

L'action salutaire des eaux de Lamalou-le-Centre contre les affections qui dépendent d'un état morbide de la moëlle épinière a été

savamment déduite des nombreuses observations que le docteur
Belugou a consignées dans son travail sur : *la spécialisation des .eaux
de Lamalou, dans les affections chroniques de la moëlle.*

« L'action de ces thermes, dit-il, se fait sentir d'une manière
« particulièrement favorable sur les affections médullaires, dans la
« pathologie desquelles se révèle la diathèse rhumatismale. Il suffit
« de parcourir les observations suivantes pour être complètement
« édifié à cet égard.

« Dans vingt cas où le rhumatisme joue un rôle étiologique
« important, on ne trouve à noter qu'un seul exemple d'insuccès, et
« en revanche on compte cinq exemples de complète guérison. Chez
« la plupart des autres malades plus ou moins rhumatisants, l'amélio-
« ration s'est manifestée à un degré considérable et s'est révélée avec
« une apparence de durée, de sûreté et de rapidité qui forcent
« l'attention. »

Note de M. le docteur Belugou sur les eaux de Lamalou-le-Centre.

'heureuse influence des bains et buvettes de Lamalou-le-
Centre dans l'*anémie,* la *chlorose,* la *diathèse lymphatique,*
est devenue de notoriété publique ; les eaux bicarbonatées
sodiques si abondamment ferrugineuses, si riches en acide carbonique
de cet établissement sont fréquemment employées dans ces affections
si communes, où elles ont obtenu et où elles obtiennent chaque jour
les plus beaux succès. Même effet favorable pour la *dyspepsie* et les
affections chroniques de l'estomac.

Le *nervosisme,* cet état brotéiforme qui s'attaque à toutes les grandes
fonctions de l'économie et qui les trouble plus ou moins profondément, subit les plus heureuses modifications à Lamalou-le-Centre.
Le traitement thermal, aidé de l'hydrothérapie, est considéré par un
grand nombre de praticiens comme un moyen héroïque, sous l'influence duquel j'ai vu, dans des cas où on avait inutilement mis en
usage l'arsenal thérapeutique des antispasmodiques et des toniques
les plus variés, l'état général se modifier rapidement et les douleurs
disparaître.

Une autre affection pour laquelle une saison à Lamalou-le-Centre m'a paru donner des résultats inespérés est l'*entérite chronique*. J'ai vu fréquemment, après l'usage des bains de cette station, des buvettes nombreuses qui l'environnent et des manœuvres hydrothérapiques pour lesquelles l'établissement est largement pourvu, disparaître les diarrhées les plus rebelles et contre lesquelles s'étaient trouvées impuissantes les ressources les mieux combinées du régime et de la thé-rapeutique usuelle; je n'excepte pas de cette indication les *dyssenteries chroniques* contractées dans les pays chauds.

isons enfin que cet établissement thermal et hydrothérapique offre les ressources les plus précieuses pour traiter les *affections de l'utérus*. Ses buvettes fortement reconsti-tuantes, digestives, ses bains sédatifs, ses appareils hydrothérapiques sont des moyens extrêmement favorables, quand il s'agit de ramener aux conditions physiologiques les règles insuffisantes chez les femmes débiles, névropathiques, de régulariser l'établissement de la menstruation chez les jeunes filles anémiques, lymphatiques, chlorotiques, ou d'aider aussi favorablement que possible l'époque toujours critique de la ménopause. C'est surtout sur les manifestations symptomatiques générales qui accompagnent les affections de la matrice qu'une saison à Lamalou-le-Centre produit de rapides effets, et sous son influence on voit bientôt s'amender les phénomènes névropathiques (névralgies, hystérie, viscéralgies), l'asthénie, les troubles des fonctions digestives.

Pour combattre les phénomènes locaux, l'Établissement est muni d'une installation balnéothérapique spéciale.

Observation de M. le docteur ANDRIEUX.

es Eaux de la source Bourges (dit M. le docteur Andrieux) sont celles qui conviennent le mieux dans les cas de débilité et d'éréthisme nerveux ; elles sont les seules de la vallée qui excitent le picotement et la rubéfaction de la peau, les seules assez tempérées pour tonifier l'organisme, les seules enfin qui constituent une boisson de table agréable. Elles ne décomposent pas le vin et se transportent sans s'altérer. J'ai pu m'assurer sur moi-même et sur d'autres malades de leur efficacité dans le cas de sciatique rebelle ; le gaz acide carbonique contenu en excès dans ces Eaux leur communique des propriétés remarquables. Le baigneur éprouve sur toute la surface de la peau, et principalement sur les parties correspondantes aux régions malades, une sensation de picotement et de chaleur qui ne laisse pas d'être agréable. Ce sentiment de chaleur s'accompagne d'une rubéfaction assez vive qui se manifeste presque aussitôt après l'immersion, et persiste pendant toute la durée du bain, mais en stimulant la peau à la manière des agents physiques. Cette Eau produit un effet sédatif et tonique à la fois, et elle porte son action sur le système nerveux.

Les bains et douches réussissent très bien dans les diverses formes de paraplégie chez l'homme et chez la femme, et particulièrement dans la myélite chronique et dans le ramollissement non inflammatoire. L'hystérie, la chloro-anémie et les autres affections propres à la femme, sont presque toujours guéries ou sensiblement amendées. Prise en boisson, l'eau de cette source convient très bien dans les maladies des reins et de la vessie, dans les dyspepsies, gastralgies et dans toutes les affections chroniques du tube intestinal. Elle est très agréable et éminemment réparatrice. En faisant connaître cette source, je n'ai que le désir bien légitime d'étendre les ressources de la thérapeutique, et j'espère que ces Eaux prendront place parmi nos sources les plus utiles.

ANDRIEUX, d.-m.

rue de Bercy, à Paris.

Observation de M. le docteur PÉRÉAL

Médecin en chef à l'Hôtel-Dieu de Béziers.

M. P..., âgé de 36 ans, d'un tempérament sec et nerveux, fut atteint dans le commencement de l'année 1861, d'une gastro-entérite grave qui le retint plus de deux mois au lit ; cette maladie lui laissa une diarrhée qui, pendant près de trois mois, résista à tous les moyens employés en pareil cas.

Les Eaux de la source Bourges, prises chez lui, firent disparaître tous les accidents : la diarrhée cessa; l'appétit, qui était nul depuis longtemps, revint graduellement, et bientôt le rétablissement des forces indiqua le retour à la santé la plus parfaite.

Observation de M. le docteur COSTE

Médecin consultant à Lamalou.

AFFECTION NERVEUSE AVEC ATONIE DES ORGANES, FAIBLESSE GÉNÉRALE, ETC.

Mme X... (du Gard) nous est adressée à Lamalou au mois de juillet 1868. Elle est âgée de vingt-six ans, d'un tempérament nerveux et d'une constitution frêle et délicate. La moindre émotion et la plus petite contrariété amènent chez elle des crises nerveuses très fortes pendant lesquelles les extrémités se refroidissent, les lèvres sont cyanosées et les traits de la face considérablement altérés.

Elle a toujours le ventre endolori, et la fonction cataméniale s'accompagne de vives douleurs qui produisent souvent des syncopes. Dans l'intervalle des menstrues, qui, quoique régulières, sont très abondantes, il existe un écoulement leucorrhéique à peu près continu. Enfin les douleurs du ventre s'irradient dans la région des reins, qui sont, selon son expression, tiraillés.

L'appétit, perverti, bizarre, manque le plus souvent. Les digestions sont laborieuses et déterminent parfois des crises nerveuses pareilles à celles que nous avons décrites plus haut.

Depuis le commencement de la maladie, qui remonte à cinq ans, il existe une constipation des plus opiniâtres que rien n'a pu faire cesser.

Les forces sont considérablement déprimées. Les tissus sont décolorés.

Notre malade, d'une intelligence remarquable, est toujours inquiète, s'ennuie partout et se plaint de ne pouvoir trouver le sommeil.

Les toniques, les ferrugineux, les antispasmodiques de toute sorte; enfin une saison passée à Vals n'ont pu rendre la santé à Mme X...

Le traitement qu'elle a suivi à Lamalou, dans l'établissement du Centre, consiste en bains entiers, bains de siège à eau courante, douches vaginales, eaux minérales en boisson, etc.

On comprend quelles précautions nous avons dû prendre pour que le traitement fût supporté.

Sous l'influence de la médication précédente, la constipation a cessé, l'appétit est revenu, les douleurs du ventre et de l'estomac ont disparu, les tissus se sont colorés, les digestions sont devenues faciles, les forces se sont accrues progressivement, et notre malade, après un séjour d'un mois à Lamalou, a pu retourner chez elle en parfaite santé.

Depuis cette époque, Mme X... nous a écrit plusieurs fois que cette amélioration s'était maintenue et que les crises nerveuses n'étaient plus revenues.

EXTRAIT

DE LA GAZETTE DES HOPITAUX

Le 6 mars 1862, n° 27.

 a valeur thérapeutique des Eaux minérales naturelles prises en boisson, ne saurait plus maintenant être l'objet d'un doute pour les praticiens ; ce fait a été surabondamment démontré. Malheureusement ces Eaux doivent le plus souvent être prises sur place, car elles s'altèrent rapidement et perdent ainsi toutes leurs propriétés.

Nous devons donc considérer comme une bonne fortune la découverte de sources dont l'eau joint à une valeur médicamenteuse réelle la faculté de pouvoir être transportée sans la moindre altération.

La source découverte il y a trois ans à peine à l'Etablissement de Lamalou-le-Centre, se trouve dans ce cas.

L'eau parfaitement limpide, acidule, gazeuse, ferrugineuse et légèrement arsénicale, peut être mise en bouteilles et transportée sans le moindre inconvénient, ainsi qu'il résulte d'une expérience incontestable. Vingt bouteilles ont été remplies au griffon le 14 juin 1860 ; plusieurs ont été successivement analysées ; jamais on n'a constaté la moindre altération, et aujourd'hui celles qui restent ont conservé la même valeur que le premier jour.

Les nombreuses observations recueillies tous les jours dans la pratique de la ville et des hôpitaux démontrent les heureuses applications de l'eau de Lamalou (source Bourges, la seule qui soit transportable).

Observations de M. le docteur LACROIX

Médecin à Béziers.

L'observation suivante nous donne la preuve que tous les cas dans lesquels l'Eau de Lamalou-le-Centre (source Bourges) peut être utile ne sont pas prévus, et que son application thérapeutique est peut-être plus étendue qu'on avait lieu de l'espérer.

Je la crois appelée à rendre de grands services dans toutes les affections chroniques du tube intestinal, soit idiopathiques, soit sympathiques ; il s'agit seulement d'en faire l'expérimentation : ce à quoi cette Eau se prête merveilleusement, vu son inocuité.

Catherine M..., de Béziers, âgée de vingt-deux ans, a été prise au deuxième mois de sa grossesse de maux de cœur habituels. à cet état physiologique, auxquels n'ont pas tardé à succéder des vomissements qui se répétaient tous les matins.

Au quatrième mois, loin de céder spontanément, les vomissements prirent des proportions telles, qu'ils durent attirer notre attention.

Je n'ai pas besoin d'énumérer ici les moyens médicaux que j'ai mis en usage : il suffira de dire, pour en préciser l'effet, que l'état de ma malade m'inspira bientôt les plus vives appréhensions ; la maigreur était extrême.

Une observation de la *Gazette des hôpitaux* sur l'emploi d'une Eau ferrugineuse en cette circonstance attira mon attention ; je me demandais s'il n'était pas possible de remplacer cette eau par celle que j'avais à ma disposition. Je tentai. Prescription : un quart de verre de Lamalou-le-Centre, d'heure en heure ; plus tard je rapprochai mes doses, je les augmentai ; je fis de cette eau la boisson habituelle de la malade.

Le succès a dépassé mes espérances : les vomissements ont peu a peu diminué de fréquence, et surtout dans les angoisses qu'ils déterminaient, puis ont disparu tout à fait. Catherine M... s'est accouchée à terme d'une fille bien portante.

'année dernière j'ai publié une observation remarquable de vomissements incoercibles sur une femme enceinte guérie par l'usage des eaux de Lamalou-le-Centre (source Bourges).

Les perturbations de l'innervation, qui sont si fréquentes dans cet acte physiologique, et quelquefois si graves, reconnaissent-elles la même cause initiale ? C'est un point de doctrine que je ne chercherai point à éluder ; mais le succès obtenu l'année dernière m'a engagé à faire usage du même moyen dans une névrose différente de forme, et un nouveau succès est venu couronner mes espérances.

Mme Eug. Fabre, de Sérignan (Hérault), fut atteinte d'un premier accès d'*éclampsie* pendant le septième mois de sa grossesse, l'accès ne fut pas fort, mais nécessita une saignée générale.

Quinze jours après, nouveaux symptômes de convulsions éclamptiques : la malade sent une défaillance d'estomac, coïncidant avec un mouvement de l'enfant; elle perd connaissance pendant quelques secondes seulement ; pendant ce temps, ses yeux dévient de leur axe, ses lèvres tremblent, ses mains se tordent (nouvelle saignée).

Chose singulière! Mme Fabre accouche au mois de janvier d'un enfant magnifique, très gros, et pendant les douleurs elle n'eut pas le moindre accès d'éclampsie.

Un mois après, Mme Fabre a une convulsion très forte. A compter de ce jour, l'estomac perd l'intégrité de ses fonctions, l'appétit diminue, les forces s'en vont; néanmoins la malade continue à vouloir nourrir son enfant jusqu'à la fin de mai. Il ne s'écoule jamais un espace de huit jours sans que Mme Fabre ait au moins une convulsion, quelquefois deux dans le même jour.

Je n'ai pas besoin de rappeler tout ce que j'ai fait sous le rapport thérapeutique. Je crois n'avoir rien négligé, mais en vain.

Le 8 juin, je dirige Mme Fabre sur les bains de Lamalou-le-Centre. Je lui ordonne de faire usage des eaux en bains et en boissons.

Mme Fabre est revenue de Lamalou parfaitement guérie. Pendant son séjour, elle n'a eu que quatre convulsions graduées; mais depuis son retour nous n'avons rien observé. Dix-huit bains et l'usage continu des Eaux ont suffi pour cette cure remarquable (L'enfant n'est pas sevré).

Je pourrais, à la suite de cette observation, en citer une autre dans un autre ordre de faits : la guérison, dans ce cas, doit être surtout attribuée à l'usage des Eaux en boisson.

M. C..., capitaine douanier, après avoir longtemps combattu par les moyens thérapeutiques appropriés, mais en vain, une diarrhée excessivement intense, se voyait réduit à un état de marasme tel, que sa famille craignait pour ses jours; il présentait tous les symptômes d'une lésion organique des intestins, il avait dû complètement cesser son service. Au mois de juillet, sur mes indications, M. C... alla passer un mois aux Eaux de Lamalou-le-Centre. Une amélioration sensible ne tarda pas à se manifester. A son retour, M. C... avait pris de l'embonpoint et se considérait comme guéri, car il n'allait à la selle qu'une fois par jour et rendait des matières bien moulées.

Dr LACROIX, médecin à Béziers.

Observation de M. le docteur JAMAIN

Chirurgien des Hôpitaux de Paris.

J'ai employé les Eaux de Lamalou-le-Centre (source Bourges) à l'hôpital de Lourcine, et j'ai eu des résultats merveilleux chez les femmes chlorotiques, affaiblies par la diarrhée et des maladies antérieures. L'appétit était nul, le malaise allait s'aggravant. J'ai fait prendre à ces malades une bouteille de cette eau par jour ; au bout de quelques jours, l'appétit est revenu, et avec lui les forces et le bien-être. Une de mes malades, couchée à la salle Saint-Louis, n° 18, qui pouvait à peine manger deux portions règlementaires, demandait, peu de jours après, les cinq portions règlementaires, ensuite les portions de supplément que l'on accorde dans certains cas particuliers. Il n'est pas besoin d'ajouter que la maladie, qui avait résisté à une foule de médicaments, a cédé très rapidement par l'emploi de ces Eaux.

JAMAIN, d.-m., à Paris.

Observation de M. le docteur MILHAU

Médecin au Poujol.

Joséphine Tabarié, âgée de 18 ans, habitant le village de Roquebrun, d'une constitution lymphatique (non réglée, avait été atteinte dès l'âge de douze ans d'un engorgement de l'articulation du genou droit, de nature scrofuleuse ; il y a un an environ que l'engorgement du genou commença à diminuer, mais en même temps la malade ressentit une douleur sourde à la portion lombaire de l'épine dorsale ; celle-ci alla en augmentant peu à peu, et l'engorgement articulaire disparut complètement à mesure que la maladie faisait des progrès du côté du rachis. A l'époque où je vis la malade, elle parut atteinte d'une myélite lombaire déjà assez avancée ; cette région était, en effet, le siège d'une douleur vive, surtout à la pression, et les deux membres inférieurs, impropres à la marche, étaient à demi-paralysés. J'ordonnai les bains de Lamalou-le-Centre le 1er août. Le 9 août, j'ai revu la malade ; elle commence à pouvoir marcher même sans bâton, les forces reparaissent, la région lombaire est bien moins douloureuse, et tout fait espérer qu'après une nouvelle série de bains et de douches elle se rétablira.

MILHAU, d.-m.

Je soussigné, Jean-Floréal Sabatier, maire de la commune de Roquebrun, certifie et atteste que la nommée Joséphine Tabarié, atteinte de la maladie constatée ci-devant par M. le docteur Milhau, et qui ne pouvait marcher, s'étant rendue aux bains de Lamalou-le-Centre en est revenue entièrement guérie.

Signé : SABATIER, maire.

Observation de M. le docteur SORDET

 es Eaux des sources Bourges prises en *bains*, ont une action primitive vraiment remarquable. Elles doivent au gaz acide carbonique, qu'elles contiennent en abondance, d'amener à la peau du picotement et de la rubéfaction. Mais ce double phénomène n'a rien de désagréable. Leur action secondaire, grâce aux principes minéralisateurs qu'elles renferment (fer, cuivre, arsenic, etc.), est de tonifier profondément l'organisme. Leur température elle-même (28° centig.) est encore une cause puissante de leurs propriétés toniques ; aussi sont-elles spécifiques dans les nombreux cas d'appauvrissement du sang, et sans aucune fatigue pour l'estomac, prises en *boisson*, grâce à leur état gazeux. Mais leur action la plus remarquable, sans contredit, s'exerce sur les organes génito-urinaires : et les médecins spécialistes, MM. Ricord, Diday, et nombre de leurs élèves, ont pu voir, sous l'influence de ces Eaux en bains et boissons, les catarrhes de la vessie les plus rebelles être toujours améliorés et très souvent guéris complètement. Aussi j'insiste d'une façon particulière sur cette propriété des Eaux de Lamalou-le-Centre.

Je termine en disant que les Eaux des sources Bourges se *transportent facilement* sans éprouver la moindre altération, et cela pendant plus d'une année. Mélangées avec le vin, elles forment une boisson de table très agréable.

CH. SORDET, d.-m.-P.

EXTRAIT DE LA GAZETTE MÉDICALE DE LYON

Observation de M. le docteur PICART

Joséphine D..., âgée de dix-huit ans, d'un tempérament lymphatique, d'une faible constitution, est entrée à l'hôpital de Lourcine le 16 août 1861.

Tous les moyens thérapeutiques employés pour combattre cette affection rebelle étaient restés sans effet.

Le 4 octobre, la malade ne peut plus manger, elle a la fièvre tous les soirs, la diarrhée et la leucorrhée sont très abondantes ; bruit de souffle dans les carotides, palpitations ; le teint est blafard, la maigreur extrême. L'huile de foie de morue n'a pu être supportée.

On prescrit l'eau de Lamalou (source Bourges), une bouteille par jour. Du 4 au 23 octobre la malade a pris dix-sept bouteilles d'eau de Lamalou ; l'appétit est revenu, la malade mange huit portions réglementaires et en demande davantage ; les joues sont moins creuses, la mine est meilleure ; plus de diarrhée, pas de constipation, encore un peu de souffle, mais les palpitations ont cessé.

Depuis le 17 octobre, la malade veut frotter la salle, elle court dans le jardin ; les religieuses sont frappées de ce changement dans l'aspect, la démarche et la vivacité de cette malade, qui est devenue indocile et colère, de douce et languissante.

Le 24 octobre, règles abondantes pendant cinq jours ; l'eau de Lamalou est suspendue. Tous les accidents sont conjurés ; la malade sort de l'hôpital complètement guérie, le 12 décembre, sans que de nouveaux accidents se soient montrés.

PICART, d.-m.
à l'hôpital de Lourcine, à Paris.

 ieux que tout, les attestations suivantes prouveront les excellents effets des eaux de Lamalou-le-Centre, soit en bains, soit en boisson.

Bédarieux.

M... Je m'empresse de répondre à la question que vous m'adressez relativement aux effets des bains de Lamalou-le-Centre que vous voulez acquérir. — J'ai ordonné dans beaucoup de cas d'affections rhumatismales ces bains, et je puis vous déclarer ici que mes malades n'ont eu qu'à se louer de leurs bons effets.

Dr PASTRE, à Bédarieux.

Je soussigné déclare avoir envoyé bon nombre de malades atteints d'affections cutanées de toutes natures aux bains de Lamalou-le-Centre avant même qu'il y existât un établissement, puisque les baigneurs étaient obligés de se plonger dans un trou fait par la nature. Les résultats heureux que j'en ai obtenus, m'engagent à leur donner la préférence à ceux d'Avène, car je n'ai jamais eu à constater des effets répercussifs.

Signé : LAGARDE DE BERRE, Dr-m.

Je soussigné, docteur en médecine, certifie avoir bien souvent adressé des malades atteints d'affections herpétiques très prononcées, soit dartres crustacées soit farineuses à Lamalou-le-Centre, et les malades dont plusieurs avaient pris d'autres bains sans soulagements y ont été guéris et n'ont éprouvé aucune récidive.

Dr SAISSET.

M. le Dr Belloc, d'Agen, l'inventeur du charbon Belloc, nous écrivait :

M..., mon estomac s'étant dérangé depuis quelques jours par suite d'un trop grand travail, je viens avoir recours à vos excellentes eaux de la *Source Bourges*, desquelles je me suis déjà si bien trouvé ; veuillez je vous prie m'en expédier de suite une caisse de 50 bouteilles, je veux en boire tout l'été.

M. le Dr Clerton, de Dijon, nous écrit :

M..., les bons effets obtenus par l'usage de vos eaux contre les affections chroniques des intestins m'engagent à les employer contre une dyspepsie chronique compliquée d'alternative de constipation et de diarrhée et contre les accidents apparents d'une chlorose ; veuillez m'en expédier une caisse de 50 litres. Les affections auxquelles s'adressent vos eaux étant connues, je vous ferai de nouvelles demandes.

Dr CLERTON.

M..., vous pouvez faire figurer mon nom dans votre notice, et dire qu'il y a déjà plusieurs années que j'emploie vos eaux dans ma clientèle, et qu'elles m'ont toujours donné de bons résultats dans les affections bilieuses, la débilité des organes digestifs, l'aménorrhée, les convalescences, les fièvres de long cours, dans les affections des voies urinaires, les maladies syphilitiques et dans tous les cas où l'on veut stimuler et activer les fonctions affaiblies du canal alimentaire.

Sérap. COULOUP, méd. à Marseille.

M..., je suis souffrant depuis quelque temps, surtout depuis que je ne bois plus de vos bonnes eaux ; ma provision est épuisée, veuillez m'en envoyer une nouvelle caisse de 50 bouteilles, à Paris.

Le Comte de Lépine.

M..., je me suis si bien trouvé de la boisson de vos eaux que je les ai conseillées à un de mes amis, qui veut en faire usage aussi. Veuillez en remettre une caisse de 40 bouteilles au porteur de la présente.

VINAS, ancien juge de Paix, à Florensac.

Marseille.

M... La présente a pour objet de vous remettre 25 fr. en un mandat-poste pour le dernier envoi de 50 bouteilles d'eau de votre source, dont je fais journellement usage, et que je préfère à toutes celles que j'ai bues jusqu'à ce jour.

B. RAMPAL.

Montpellier, 6 Mai 1879.

M..., Je vous serais obligée de vouloir m'expédier une caisse de 25 bouteilles de votre eau qui produit toujours de si bons effets sur mon estomac.

Maria DOLMS.

Paris.

M..., les eaux de la source Bourges me conviennent si bien que je viens vous en demander une caisse de 30 à 40 bouteilles, que je vous prie de m'expédier au plus tôt, les bons effets de mon séjour à Lamalou-le-Centre subsistent encore chez moi ; mes vives douleurs d'estomac ne sont plus revenues, malgré une forte cholérine que j'ai subie à mon arrivée à Paris.

Adèle GUIBOUT.

M..., J'ai reçu depuis quelques jours la caisse d'eau que vous m'avez envoyée, j'ai commencé d'en faire boire à ma malade, qui s'en trouve très bien et la boit avec plaisir, veuillez m'en expédier une autre caisse afin de ne pas interrompre le traitement.

Docteur EMOND, de Paris.

M..., depuis longtemps je souffrais de l'estomac, et j'avais de la peine à faire mes digestions, lorsque j'appris que vos eaux étaient très bonnes dans ces sortes de maladies, j'écrivis à votre entrepôt de Marseille qui m'en envoya quelques bouteilles ; après les avoir bues je trouvais mes digestions plus faciles et les douleurs d'estomac moins fortes, je fis une nouvelle demande, et depuis lors les digestions se font très bien et les douleurs d'estomac ont disparu.

HENRY GIRAUD, quincailler, à Brignolles.

Je soussigné Etienne Fabre, sous-officier au 34ᵉ régiment de ligne, déclare avoir été guéri d'un cas d'albuminurie très grave par l'emploi des eaux de Lamalou-le-Centre que m'avaient ordonnées MM. les docteurs Pastre et Sabatié de Bédarieux, après avoir épuisé tous les moyens médicaux restés sans résultat.

E. FABRE.

Le 5 décembre 1878, M. le Dʳ Ruellé, de Marseille, nous écrit : — M..., je viens vous prier de m'expédier pour ma consommation personnelle une caisse de 25 bouteilles de votre précieuse eau de Lamalou-le-Centre que je prescris depuis longtemps dans ma pratique; vous trouverez ci-inclus un mandat-poste de 8 fr. pour le paiement de cet envoi.

Dr RUELLE.

M... Je suis heureuse de pouvoir vous donner de meilleures nouvelles de mon fils; après quelques jours de vive souffrance, il reprend ses forces et ses habitudes, et tout nous fait espérer qu'il va revenir sous peu à la santé. Je tiens à constater que c'est grâce aux effets énergiques que vos eaux ont produits, veuillez m'en expédier une nouvelle caisse.

X...

M. de C... près Narbonne. — Comtesse de C...

M..., le docteur Tessier, de Paris, ayant ordonné vos eaux à ma fille, qui s'en trouve très bien, je viens vous prier de m'en expédier une caisse de 50 bouteilles en gare à Agen, où je la ferai retirer.

Marquis de J-F.

M... Les effets merveilleux qu'ont produit vos eaux sur diverses personnes de notre localité, m'engagent à vous en demander une caisse de 40 bouteilles pour combattre une gastralgie dont je suis atteint depuis plusieurs années. En attendant, recevez, etc.

ARNAL, marchand de nouveautés, à Montauban.

M. Je fais usage de l'eau que vous m'avez envoyée, et je m'en trouve fort bien. Je vous dirai que pour mon compte personnel, de toutes les eaux bicarbonatées ferro-arsénicales que j'ai essayées, ce sont celles que je préfère, soit pour le goût, soit pour la digestibilité.

Dr BUSQUEL, à Metrun.

M. Je suis bien aise de vous annoncer que vos eaux essayées sur une personne d'un tempérament lymphatique, atteinte d'une gastralgie et de fièvre intermittente ont produit un effet presque instantané; il y avait manque de sommeil et de digestion, le tout a été recouvré après quelques bouteilles prises aux repas.

Veuillez m'expédier une nouvelle caisse pour ne pas interrompre le traitement.

J.-B., curé de Montmélian.

M. Vos eaux de Lamalou-le-Centre sont de toutes les boissons dont j'ai fait usage jusqu'à ce jour, celles qui ont produit les effets les plus salutaires sur la gastralgie dont je suis atteint depuis 15 ans.

Veuillez m'en expédier une autre caisse, je veux en boire tout l'été.

S. FENOUIL, agent-voyer en chef.

De notre Monastère des Carmélites de Nîmes.

M. Nous avons reçu et fait boire à nos chères malades les eaux minérales que vous nous avez envoyées. Elles ont produit les plus grands effets. Notre bonne et vénérable Saint-Roch, qui depuis trois ans était dans un état pitoyable abandonnée des médecins, ne pouvant rien digérer, mange depuis cinq mois et digère parfaitement. Est-ce là du merveilleux? On ne pourrait le croire sans l'avoir vu. Si vous pensez que ce témoignage puisse être utile, vous pouvez en user.

Sœur MARIE-PHILOMÈNE, carmélite.

Je suis heureuse, M., de pouvoir vous donner de meilleures nouvelles de mon fils. Après quelques jours de vives souffrances, il reprend ses forces et ses habitudes et tout nous fait espérer qu'il va revenir sous peu à la santé. Je tiens à constater, M., que c'est grâce aux effets énergiques que vos eaux ont produit.

Veuillez je vous prie m'en envoyer une nouvelle caisse de 50 bouteilles contre remboursement, au château de *** près Narbonne.

S. F..., comtesse de ***

Ecole de Sorrèze.

Les trois ou quatre religieux atteints de gastralgie qui ont usé des eaux de Lamalou-le-Centre (source Bourges), en ont éprouvé un bien-être radical. L'un d'eux menacé de phthisie, après dépérissement quotidien, s'est vu tout à fait revivre et jouit actuellement d'une bonne santé.

Le Rév. Père Prieur me charge de vous en témoigner toute sa satisfaction, et en particulier je me félicite du bien qui en résulte.

P. RUBIS.

Vous pouvez littéralement publier cette lettre.

CHAPITRE IX

ACTION THÉRAPEUTIQUE DES EAUX DE LAMALOU-LE-CENTRE.
MALADIES AUXQUELLES ELLES S'APPLIQUENT. — INDICATIONS ET
CONTRE-INDICATIONS. — CURE THERMALE.

1° Rhumatisme

Sciatique. — Névralgies. — Rhumatismes viscéraux.

n comprend que les eaux de Lamalou-le-Centre conviennent parfaitement au rhumatisme. Mais ici il convient de distinguer, et on aura parfaitement spécialisé l'action de Lamalou-le-Centre dans l'affection rhumatismale, en disant que cette action s'exerce plus particulièrement dans les *formes nerveuses du rhumatisme, dans les rhumatismes des organes internes ou rhumatismes viscéraux, dans les formes torpides du rhumatisme articulaire chronique.*

Si le malade est lymphatique ou débilité, s'il est sous l'influence de l'anémie ou de la chlorose, l'indication prend encore plus de force, ainsi que les exemples suivants en sont une preuve (1).

OBSERVATION I. — *Rhumatisme articulaire chronique. — Anémie.* — M. X...,
négociant, âgé de 58 ans, fut atteint pendant l'hiver de 1871 d'un rhumatisme
articulaire excessivement grave qui parcourut successivement toutes les arti-

---

(1) Ces observations ont été empruntées à la pratique importante des principaux médecins de Lamalou, et notamment de MM. les docteurs Belugou, Boissier, Cros, Eustache, Sabatier et Andrieux.

culations et qui avait une grande tendance à quitter les surfaces articulaires, pour donner naissance à des complications viscérales dangereuses. On parvint cependant, par une médication appropriée, à dissiper l'état aigu de l'affection. Cependant, lorsqu'au mois de juin de l'année suivante M. X... arriva à Lamalou-le-Centre, il marchait très péniblement appuyé sur des crosses ; un gonflement très considérable existait dans le genou droit et dans les deux extrémités, une roideur douloureuse qui l'obligeait à garder presque continuellement le lit.

Les temps humides et froids augmentaient considérablement ses souffrances. Du reste, les douleurs de l'hiver, le séjour forcé au lit avaient considérablement anémié le malade dont les forces étaient fort abattues ; après quelques jours de repos et l'emploi en boisson des eaux de Bourges, M. X... prit des bains de piscine d'une durée modérée. Dès les deux premiers, les douleurs furent diminuées. Le traitement se composa de vingt bains et de douze douches, à la fin seulement ; en outre, eau de la source Bourges régulièrement. Au bout de ce temps, le malade était à peu près guéri ; il marchait sans le secours des béquilles. Le gonflement des genoux avait disparu et la santé était parfaite. L'année suivante il revint, et déclara que la guérison ne s'était pas démentie et que l'hiver s'était bien passé.

OBSERVATION II. — *Rhumatisme héréditaire datant de dix ans.* — *Dyspepsie et gastralgie rhumatismales.* — M. le docteur X... est issu d'une mère sujette au rhumatisme, et a, depuis dix ans, éprouvé lui-même un grand nombre d'attaques rhumatismales sans complication. Mais à l'âge de 40 ans il fut atteint, sans cause appréciable, d'une gastralgie avec dyspepsie grave, se compliquant d'accès de fièvre remittente, et, par suite, de vomissements incessants, d'une faiblesse générale extrême. Le malade se décide à venir à Lamalou-le-Centre, dont il connaissait les heureux résultats. Il présente encore quelques douleurs, dont les premiers bains augmentèrent l'intensité. Mais bientôt une amélioration sensible de tous les symptômes se manifeste sous l'influence des bains de piscine, de l'eau de Bourges aux repas, de l'eau Marie le matin, la dyspepsie ne tarde pas à disparaître. Les attaques de gastralgie avec vomissement se font encore sentir à plusieurs reprises. L'hiver suivant fut relativement bon, et une nouvelle cure l'année suivante confirme et prononce l'amélioration.

OBSERVATION III. — *Hydarthrose chronique des deux genoux ; grande amélioration.* — M. G... D..., âgé de 35 ans, propriétaire des environs de Narbonne, est affecté depuis trois ans environ d'une maladie chronique des deux genoux, qui se traduit par un gonflement considérable. En pressant sur les rotules, on sent qu'il existe une assez grande quantité de liquide dans les deux articulations ; de plus, les synoviales paraissent épaisses, et au niveau des ligaments latéraux, on sent de chaque côté des indurations qui ont été données comme signes pathognomoniques des maladies anciennes de la synoviale. Le malade a été soumis à des traitements variés, parmi lesquels les vésicatoires permanents autour des jointures ont tenu le premier rang. L'année passée il est allé prendre, sans grand succès, les eaux de Rennes ; il nous arrive enfin (août 1870) à Lamalou-le-Centre. Les mouvements de flexion et d'extension des articulations malades sont à peu près impossibles, le malade marche avec des béquilles. Le traitement a consisté en bains et en douches sur les parties affectées ; les premiers bains ont réveillé des douleurs assez aiguës dans les jointures, et nous avons été obligé de les discontinuer durant quelques jours. Ils ont été repris ensuite et parfaitement tolérés jusqu'à la fin de la cure, qui a consisté dans 16 bains et 15 douches. Les genoux avaient diminué ; les mouvements de flexion et d'extension, quoique encore un peu gênés, étaient revenus, et le malade pouvait faire d'assez longues courses avec un simple bâton. Il espérait, rentré chez lui, pouvoir se livrer de nouveau aux travaux des champs, auxquels il avait été obligé de renoncer depuis plusieurs années.

l est prouvé d'une façon manifeste par cet exemple, dû à M. le docteur Sabatier, ainsi que par la première observation, combien les hydartroses de nature rhumatismale peuvent être rapidement guéries par l'usage des eaux de Lamalou-le-Centre.

OBSERVATION IV. — *Rhumatisme goutteux.* — M. B..., de Béziers, tempérament sanguin, lymphatique, forte constitution, âgé de 56 ans, a été bien portant jusqu'à ces dernières années, en 1865, à la suite de violents chagrins qui accrurent encore des conditions de santé déjà préjudiciables ; il fut pris d'une attaque de rhumatisme goutteux qui envahit les articulations du pied, de la cheville et du genou ; celles des membres supérieurs furent atteintes, mais plus légèrement. Il resta six semaines au lit, et sa convalescence se prolongea deux mois, malgré les traitements appropriés.

L'année d'après, nouvelle crise à la fin de l'hiver, plus longue et plus intense que la précédente. Il était encore convalescent au mois de juin, quand il arriva à Lamalou-le-Centre ; il présentait alors un engorgement articulaire très marqué aux tarses, aux articulations tibio-tarsiennes et aux genoux ; à droite, la maladie était plus intense qu'à gauche ; il pouvait à peine faire quelques pas ou rester une minute sur les jambes ; les membres supérieurs étaient libres. Affaiblissement général des forces, défaut d'appétit, état saburral marqué, constipation. Ces divers symptômes diminuèrent peu à peu sous l'influence des bains de Lamalou-le-Centre et l'eau prise en boisson ; les articulations du genou, plus légèrement atteintes que les autres, furent dégagées ; celles des chevilles devenues plus douloureuses et plus tenaces dans les premiers jours, ne tardèrent pas à se dégager et à permettre au malade de stationner et de marcher sans trop souffrir. La guérison parut complète vers le dix-huitième bain ; les digestions étaient bonnes, l'état saburral disparut ; les urines, qui n'avaient rien présenté de particulier, qu'une coloration plus intense qu'à l'état normal, redevinrent limpides. L'hiver de 1866 et 67 se passa sans crises, seulement avec de légères douleurs. M. B... revint en été 1867 et 68, sans avoir éprouvé de nouvelles atteintes de sa maladie.

OBSERVATION V. — M. B..., de Béziers, tempérament sanguin, lymphatique, forte constitution, âgé de cinquante-six ans, a été bien portant jusqu'à ces dernières années. En 1863, il fut pris d'une attaque de rhumatisme goutteux qui envahit les articulations du pied, de la cheville et du genou ; celles des membres supérieurs furent aussi atteintes, mais légèrement. Il resta six semaines au lit, et sa convalescence se prolongea deux mois, malgré les traitements appropriés. L'année d'après, nouvelle crise à la fin de l'hiver, plus longue et plus intense que la précédente. Il était encore convalescent au mois de juin, quand il arriva à Lamalou ; il présentait alors un engorgement articulaire très marqué aux tarses, aux articulations tibio-tarsiennes, aux genoux. A droite, la maladie était plus intense qu'à gauche ; il pouvait à peine faire quelques pas ou rester une minute sur ses jambes, les membres supérieurs étaient libres : affaiblissement général des forces, défaut d'appétit, état suburral marqué, constipation.

Ces divers symptômes diminuèrent peu à peu sous l'influence des *bains de Lamalou-le-Centre* et de l'eau prise en boisson ; les articulations du genou, plus légèrement atteintes que les autres, furent dégagées ; celles des chevilles, devenues plus douloureuses et plus tenaces dans les premiers jours, ne tardèrent pas à se dégager et à permettre au malade de stationner et de marcher sans trop souffrir. La guérison parut complète vers le dix-huitième bain : les digestions étaient bonnes ; l'état saburral disparut ; les urines, qui n'avaient rien présenté de particulier qu'une coloration plus intense qu'à l'état normal, redevinrent limpides. L'hiver de 1866 et de 1867 se passa sans crise. (Dr BOISSIER.)

n voit que dans tous ces exemples l'action reconstituante des eaux joue un rôle considérable à côté de leur action anti-rhumatismale. Les exemples suivants vont montrer combien leur faible minéralisation et leur thermalité modérée permet d'éviter, dans des cas particulièrement dangereux, l'excitation thermale habituelle aux eaux minérales d'une autre nature.

OBSERVATION VI. — *Rhumatisme nerveux héréditaire ; complication cardiaque*

et gastro-intestinale. — Mme la comtesse de L..., d'un tempérament lymphatique et nerveux, est atteinte depuis une quinzaine d'années de douleurs erratiques dans les articulations des membres, principalement dans les mains et dans la région spinale. Ces douleurs s'exaspéraient habituellement sous l'influence des variations atmosphériques, et sont accompagnées de gastro-entéralgie intense, avec des troubles graves du côté du cœur. La malade se rend à Lamalou-le-Centre, et l'auscultation permet de constater nettement l'existence d'une altération valvulaire. Le siège habituel des douleurs offre un gonflement et une déformation appréciable. Les bains, donnés avec précaution, sont parfaitement supportés. La première cure est suivie d'une amélioration qui s'est soutenue, sauf de légères réminiscences de douleurs. Revenue l'année suivante, il a été facile de constater cette amélioration, ainsi que des modifications favorables de l'état du cœur. Depuis lors, cette situation favorable n'a fait qu'augmenter, et la malade revient à Lamalou-le-Centre, dit-elle, par reconnaissance.

OBSERVATION VII. — *Rhumatisme général aigu; maladie du cœur.* — M. X..., receveur des finances dans une sous-préfecture du Nord, a été atteint, pendant la guerre, d'un rhumatisme aigu qui dura trente jours et qui semblait être guéri, lorsque, pendant une chasse assez accidentée, il fut saisi d'une très vive douleur dans le côté gauche de la poitrine; quelque temps après, M. X... fut saisi, au milieu de la nuit, par une palpitation et une suffocation très violentes. Venu à Lamalou quelque temps après, un bruit de souffle fut constaté. Le pouls est trouvé dur, fréquent; la face est pâle, légèrement agonisée : vingt bains dans la baignoire à eau courante; l'eau de Bourges et la source Nouvelle en boissons, amenèrent un calme complet après un mois de séjour; le malade quitta Lamalou, complètement rétabli. La guérison s'est maintenue.

2° Névralgies

es observations qui vont suivre ressortira l'action sédative des eaux de Lamalou-le-Centre : Il s'agit en effet de rhumatismes purement nerveux.

OBSERVATION VIII. — *Sciatique.* — M. X..., propriétaire dans le département de l'Aude, est sujet à contracter *des douleurs* sous l'influence du froid. Il est pris, en surveillant ses champs, d'une douleur atroce de la région lombaire, qui s'irradie bientôt dans toute la jambe droite; elle occupe, en un mot, tout le trajet du nerf sciatique. Pendant deux mois, elle confine le malade dans sa chambre, résistant aux médications les plus variées, et cruellement exagérée aussitôt que le malade essaye d'appuyer la jambe. En désespoir de cause, le malade est envoyé à Lamalou-le-Centre. Mais, dès les premiers bains, pris avec une grande appréhension, l'effet sédatif du traitement se fait sentir, et la douleur diminue considérablement. Bientôt le malade peut marcher avec l'aide d'une crosse, et, enfin, avant la fin de la première cure, il pouvait faire sans secours d'aucune espèce le tour du jardin. Une deuxième cure, faite un mois après, achève la guérison.

OBSERVATION IX. — *Sciatique.* — Un résultat aussi favorable accompagne la cure de M. X..., capitaine au long-cours, atteint d'une sciatique rhumatismale des plus atroces, prise dans ses explorations navales et qui semblait devoir lui interdire à jamais l'exercice de sa profession; après deux saisons à Lamalou-le-Centre, le malade put faire un nouveau voyage sans rien éprouver.

On pourrait, sur ce point, multiplier les exemples.

OBSERVATION X. — *Névralgie crânio-faciale.* — Sœur X..., religieuse, douée d'un tempérament nerveux et lymphatique, douée d'une assez bonne constitution, a toujours été sujette à des migraines violentes et à des douleurs rhumatismales sur les articulations des membres. Vers l'âge de retour, elle fut prise d'une crise épouvantable de névralgie crânio-faciale, crise qui ne tarda pas à se reproduire avec une fréquence et une intensité progressives, rendant pendant quelques années la vie insupportable à la malade. Tous les moyens furent inutilement épuisés, y compris le changement de climat et même la résection des filets nerveux. Adressée alors à Lamalou-le-Centre par un médecin de Nice, sœur X... est en proie à des crises névralgiques dont les accès excitent des cris déchirants. Les bains de piscines produisent des résultats inespérés, en même temps eau de Bourges et source Marie. La malade, suivant ses expressions, se sent revivre : elle se considère comme l'objet d'un miracle. Elle revient néanmoins chaque année. Sa santé est actuellement parfaite.

OBSERVATION XI. — *Névralgie faciale.* — Madame X... de Montpellier, d'un tempérament nerveux et lymphatique, est âgée de 38 ans; depuis son mariage, elle éprouve des douleurs rhumatismales assez fréquentes : l'articulation du poignet droit offre une certaine déviation. Après un refroidissement, elle est prise assez brusquement de névralgie faciale du côté droit ; on essaie des vésicatoires qui, loin d'atténuer, exaspèrent la douleur. Les antispasmodiques, la quinine, ne produisent pas de meilleurs résultats. Les bains de Lamalou-le-Centre, ordonnés et aidés de l'hydrothérapie, font obtenir une amélioration assez sensible que de nouvelles cures ne tardent pas à fortifier.

 l est inutile de multiplier davantage les faits de cet ordre. Le succès des eaux de Lamalou-le-Centre contre les rhumatismes, les sciatiques et les névralgies, est connu depuis longtemps. Il convient maintenant de montrer leur efficacité dans l'anémie et la chlorose. La composition chimique de ses sources peut faire pressentir cette efficacité, ne renferment-elles pas à la fois. le fer et l'arsenic, c'est-à-dire les deux reconstituants par excellence des éléments du sang ? Ses buvettes n'ont-elles pas des propriétés toniques particulières ?

Son installation hydrothérapique permettra, en outre, d'associer à l'emploi des eaux, un mode de traitement dont l'importance dans les affections de cette nature est admise aujourd'hui par tout le monde, et qui facilitera d'autre part l'absorption des principes utiles contenus dans les eaux.

3° Anémie — Chlorose

 BSERVATION XII. — *Chlorose.* — Mlle de M..., de Marseille, est âgée de dix-neuf ans ; elle est atteinte depuis près d'un an d'une chlorose que l'on peut qualifier de classique et que les remèdes les mieux indiqués, ferrugineux de toute espèce, arsenicaux, etc., n'ont pu améliorer. De guerre lasse, son médecin l'adresse à Lamalou-le-Centre. A son arrivée à cette station, la malade présente les symptômes de la chlorose la plus avancée : décoloration de la peau et des muqueuses, infiltration du tissu cellulaire sous-cutané ; palpitations et dyspepsie au moindre mouvement ; inappétence et dégoût. L'aménhorrée est absolue depuis un an. En même temps, une toux sèche et par quintes attire l'attention du côté de la poitrine, l'auscultation révèle cependant l'intégrité des organes respiratoires. Le traitement est institué au début avec beaucoup

de précautions. Bains très courts; séances d'hydrothérapie très surveillées ; eau de Bourges aux repas ; source Nouvelle et Capus dans l'intervalle. Au bout d'une semaine l'appétit commença à se manifester et les digestions se régulariser, et, à la fin du traitement, la coloration des muqueuses avait changé et les forces étaient revenues. Une nouvelle saison fut entreprise quelques mois après, à la suite de laquelle la malade partit absolument méconnaissable et transformée et guérie radicalement.

OBSERVATION XlII. — *Chlorose.* — Un exemple absolument semblabe au précédent est fourni par Mlle F. de Ray... qui, arrivée à Lamalou-le-Centre dans un état vraiment déplorable, avec les signes les plus graves de l'affection chlorotique : décoloration complète, fatigue, palpitations, bruit de souffle, insomnie, auxquels s'ajoutaient une aménorrhée rebelle et des symptômes de névrose très prononcés, peut repartir au bout de quarante jours de traitement, complètement transformée et les règles ayant déjà apparu. Aujourd'hui cette jeune personne est mariée, mère de beaux enfants et jouit depuis sa cure à Lamalou-le-Centre d'une excellente santé.

OBSERVATION XIV. — *Chloro-anémie avec crises hystériques ; guérison confirmée de trois années.* — Mme S..., de Marseille, âgée de vingt-six ans, d'un tempérament lymphatique et nerveux, d'une faible constitution. Mariée depuis trois ans, elle n'a jamais eu de grossesse. Dès les premiers mois de son mariage, il est survenu une dysménorrhée qui n'a fait qu'augmenter avec le temps, amenant de la chrolose, anémie et des accidents nerveux qui, d'abord aux époques menstruelles et depuis trois mois, n'ont pas laissé à la malade un seul jour de repos. Les traitements appliqués (ferrugineux, nervins) sont restés sans résultats; on lui a conseillé les bains de Lamalou-le-Centre, où elle arrive en juin 1865. Elle présente l'état suivant : Affaiblissement général marqué, pâleur carastéristique de la peau et des muqueuses. L'examen de la poitrine ne recèle rien de particulier du côté des poumons; les bruits du cœur sont obscurs, affaiblis; les battements précipités; aucun bruit de souffle ni au cœur, ni aux grandes artères; le pouls est petit, dépressible (85 à 90) de pulsations; rien dans la cavité abdominale; rien du côté de l'utérus, si ce n'est un léger degré d'engorgement; inappétence presque complète; digestion lente, pénible; constipation opiniâtre.

La malade, sous l'influence des causes les plus légères, est agitée plusieurs fois par jour par des crises nerveuses qui se manifestent tantôt sous la forme des spasmes organiques (sensation de la boule hystérique, battements désordonnés du cœur, dyspepsie, etc.), tous les symptômes finissent par une syncope quand l'attaque est forte, ou cessent en diminuant peu à peu si l'attaque est faible; d'autres fois à ces spasmes organiques se joignent des mouvements involontaires qui commencent dans un membre et bientôt semblent envahir tout le corps, en s'accompagnant de sanglots, de cris ou d'éclats de rire. Dans les crises faibles, ces symptômes se calment peu à peu; dans les fortes, ils finissent par une syncope; 11 heures du matin et 9 heures du soir semblent être les heures privilégiées pour les grandes crises; les petites reviennent à différentes heures, trois et quatre fois par jour. Le sulfate de quinine n'a pu rompre cette sorte de périodicité des grandes crises : un bain court l'après-midi ; le matin, un verre d'eau minérale ainsi qu'à table; telles sont les prescriptions qu'a suivies la malade. Dès le 8me bain, les crises sont réduites à trois ou quatre par jour; au 15me bain la malade n'a plus que la crise de 11 heures du matin et celle du soir, toutes les deux légères et n'arrivant pas à la syncope. L'état général est bien amélioré ; il en est de même pour la digestion.

Après un mois de traitement les menstrues se produisent, et, à cette époque, il n'y a plus qu'une seule crise par jour. La malade prend encore dix bains : les attaques hystériques ont tout à fait cessé; il ne reste que des spasmes insignifiants, se reproduisant à peine une ou deux fois par semaine ; les signes de l'anémie ont presque entièrement disparu; cette amélioration est allée croissant, et la guérison est aujourd'hui confirmée, après trois ans.

Observation XV. — *Chloro-anémie compliquée de nervosisme.* — Mme X..., du Gard, est adressée à Lamalou-le-Centre au mois de juillet 1868. Elle est âgée de 36 ans, d'un tempérament frêle et délicat. La moindre émotion et la plus petite contrariété amènent chez elle des crises nerveuses très fortes pendant lesquelles les extrémités se refroidissent, les lèvres sont cyanosées et les traits de la face considérablement altérés; elle a toujours le ventre endolori, et la fonction cataméniale s'accompagne de vives douleurs qui produisent souvent des syncopes. Dans l'intervalle des menstrues qui, quoique irrégulières, sont très abondantes, il existe un écoulement leucorrhéique à peu près continu. Enfin les douleurs du ventre s'irradient dans la région des reins.

L'appétit, perverti, bizarre, manque le plus souvent; les digestions sont laborieuses et déterminent parfois des crises nerveuses pareilles à celles que nous avons décrites plus haut. Depuis le commencement de la maladie qui remonte à cinq ans, il reste une constipation des plus opiniâtres que rien n'a pu faire cesser; les forces sont déprimées, les tissus décolorés. La malade, d'une intelligence remarquable, est toujours inquiète. Les toniques, les ferrugineux, les anti-spasmodiques sont inutilement essayés, ainsi qu'une saison à Vals. Le traitement suivi à Lamalou, dans l'Etablissement du Centre, consiste en bains entiers, bains de siège à eau courante, douches, eaux minérales en boisson. Sous l'influence de cette médication, la constipation a cessé, l'appétit est revenu, les douleurs du ventre et de l'estomac ont disparu, les tissus se sont colorés, les forces se sont accrues et la malade a pu retourner chez elle en parfaite santé. La guérison s'est maintenue et les crises nerveuses ne sont plus revenues.

OBSERVATION XVI. — *Chloro-anémie avec crises hystériques; guérison confirmée de trois années.* — Mme S., de Marseille, âgée de vingt-six ans, d'un tempérament lymphatique nerveux, d'une faible constitution. Mariée depuis trois ans, elle n'a jamais eu de grossesse. Dès les premiers mois de son mariage, il est survenu une dysménorrhée qui n'a fait qu'augmenter avec le temps, amenant de la chlorose, anémie et des accidents nerveux qui, d'abord aux époques menstruelles et depuis trois mois, n'ont pas laissé à la malade un seul jour de repos. Les traitements appliqués (ferrugineux, nervins) sont restés sans résultats ; on lui a conseillé les bains de *Lamalou-le-Centre*, où elle arrive en juin 1865. Elle présente l'état suivant : affaiblissement général marqué, pâleur caractéristique de la peau et des muqueuses. L'examen de la poitrine ne recèle rien de particulier du côté des poumons ; les bruits du cœur sont obscurs, affaiblis ; les battements précipités; aucun bruit de souffle ni au cœur, ni aux grandes artères ; le pouls est petit, dépressible (85 à 90) de pulsations ; rien dans la cavité abdominale ; rien du côté de l'utérus, si ce n'est un léger degré d'engorgement ; inappétence presque complète ; digestion lente, pénible; constipation opiniâtre.

La malade, sous l'influence des causes les plus légères, est agitée plusieurs fois par jour par des crises nerveuses qui se manifestent tantôt sous la forme des spasmes organiques (sensation de la boule hystérique, battements désordonnés du cœur, dyspepsie, etc.), tous les symptômes finissent par une syncope quand l'attaque est forte, ou cessent en diminuant peu à peu si l'attaque est faible ; d'autres fois, à ces spasmes organiques se joignent des mouvements involontaires qui commencent dans un membre et bientôt semblent envahir tout le corps, en s'accompagnant de sanglots, de cris ou d'éclats de rire. Dans les crises faibles, ces symptômes se calment peu à peu ; dans les fortes, ils finissent par une syncope. 11 heures du matin et 9 heures du soir semblent être les heures privilégiées pour les grandes crises; les petites reviennent à différentes heures, trois et quatre fois par jour. Le sulfate de quinine n'a pu rompre cette sorte de périodicité des grandes crises; un bain court l'après-midi; le matin, un verre d'eau minérale ainsi qu'à table, telles sont les prescriptions qu'a suivies la malade dès le 8me bain. Les crises sont réduites à trois ou quatre par jour; au 15e bain, la malade n'a plus que la crise de 11 heures du matin et celle du soir, toutes les deux légères et n'arrivant pas à la syncope. L'état général est bien amélioré ; il en est de même pour la digestion. .

Après un mois de traitement, les menstrues se produisent, et à cette époque il n'y a plus qu'une seule crise par jour, vers 11 heures du matin. Dans les quinze jours qui suivent, la malade prend encore dix bains ; les attaques hystériques ont tout à fait cessé ; il ne reste plus que des spasmes insignifiants se produisant à peine une ou deux fois par semaine : les signes de l'anémie ont presque disparu ; le pouls a une fréquence normale (72 pulsations au lieu de 90). Cette amélioration est allée en s'accroissant, et la guérison est aujourd'hui confirmée depuis trois ans.

 es exemples précédents suffisent à faire bien augurer de l'emploi des eaux de Lamalou dans les affections où le système nerveux joue un rôle plus ou moins prédominant et dans celles où l'intégrité des fonctions génératrices de la femme est atteinte. Etudions par des exemples ces deux ordres de faits.

4° Maladies de l'Utérus et de ses annexes

 ans son *Traité classique*, M. le professeur Courty dit que les eaux de Lamalou-le-Centre sont employées avec succès dans les affections de l'utérus parce qu'elles répondent à des indications capitales. Les buvettes fortement reconstituantes et digestives de cet Etablissement, ses bains sédatifs, ses appareils hydrothérapiques sont des moyens extrêmement favorables lorsqu'il s'agit de ramener aux conditions physiologiques les règles insuffisantes chez les femmes

débiles, névropathiques, de régulariser l'établissement de la menstruation chez les jeunes filles anémiques, lymphatiques, chlorotiques,
ou d'aider aussi favorablement que possible l'époque toujours critique
de l'âge de retour. Pour combattre les phénomènes locaux, l'Etablissement est heureusement muni d'une installation balnéothérapique
spéciale.

OBSERVATIONS XVII et XVIII. — *Dysménorrhée nerveuse.* — Mlle A..., de
Vias, âgée de 18 ans, blonde, un peu lymphatique, éprouvait à toutes les époques menstruelles, des douleurs atroces qui l'obligeaient à garder le lit, et qui
nécessitaient des quarts de lavements fortement laudanisés pour devenir
supportables. Cette demoiselle vint à Lamalou-le-Centre où elle trouva un
remède à ses maux; 18 bains et quelques douches le long du rachis et sur le
bassin amenèrent une amélioration telle, qu'elle vit revenir ses règles à Lamalou
sans aucune douleur. Nous avons appris que cette amélioration avait persisté
et qu'elle était entièrement débarrassée des douleurs qui venaient l'assaillir
à chaque époque.

Une jeune dame de nos connaissances, Mme A..., qui se trouvait dans le
même cas que Mme V..., a obtenu comme cette dernière une grande amélioration qui se maintient depuis deux ans. (SABATIER).

OBSERVATION XIX. — *Dysménorrhée leucorrhée.* — *Engorgement et abaissement
de l'utérus.* — Mme X..., âgée de 30 ans, tempérament lymphatique très prononcé, est chlorotique depuis l'âge de 16 ans. Depuis lors aussi la menstruation
a toujours été irrégulière, avec pertes blanches abondantes et douleurs fort
vives. Mme X..., mariée à 22 ans, a eu deux enfants; et depuis lors les symptômes précédents n'ont fait qu'augmenter. Au moment de son arrivée à
Lamalou-le-Centre, la malade éprouve des douleurs fort vives; des tiraillements
dans la région lombaire et des reins; sensation de pesanteur au périnée;
station debout impossible. Le toucher montre que le col a subi un abaissement
médiocre et qu'il est très volumineux, muqueuse pâle, pas d'ulcérations. Le
traitement par les bains de baignoire à eau courante et l'hydrothérapie est
sérieusement suivi; en même temps eau minérale en boisson. Au bout d'un
mois, les douleurs spontanées ont disparues; l'appétit est devenu vif; la dysménorrhée a fort diminué et la malade fait de longues courses à pied.

OBSERVATIONS XX et XXI. — *Métrite parenchymateuse chronique.* — Justine
B..., 32 ans, d'une assez bonne constitution, quoique un peu lymphatique, est

atteinte depuis deux ans d'une affection utérine (Métrite parenchymateuse chronique). L'organe est beaucoup plus volumineux qu'à l'état normal ; le col est considérablement hypertrophié, c'est à peine s'il peut être contenu dans le speculum bivalve. Cette femme éprouve des douleurs vives dans les reins et dans les aines et dans toute la partie inférieure du ventre (métrorragies fréquentes).

Son état général est des plus mauvais : facies utérin, palpitations de cœur, essoufflement à la moindre fatigue, dyspepsie. Sous l'influence des bains, de l'eau en boisson et des douches administrées avec prudence le long du rachis et sur le bassin, cette femme vit son état général s'améliorer d'une manière remarquable ; l'appétit revint ainsi que les forces, son teint se colora, les métrorragies s'arrêtèrent, l'utérus lui-même parut avoir éprouvé des modifications avantageuses ; le col s'était dégorgé, le corps nous parut moins pesant, les douleurs du ventre avaient à peu près cessé ; le mieux a persisté depuis.

Mme de L..., de Marseille, qui est venue prendre les bains cette année pour une gastralgie opiniâtre, évidemment liée à une affection utérine (métrite granuleuse), a vu aussi son état s'améliorer d'une manière remarquable et sa gastralgie diminuer.

M. le docteur Durand-Fardel cite les eaux de Lamalou entre toutes celles où le traitement de la Métrite chronique rencontre les applications les plus étendues et les plus précieuses.

Il ajoute (et ceci peut s'appliquer surtout à Lamalou-le-Haut et à Lamalou-le-Centre) : « leur action sédative, loin d'exposer à l'exaspération de l'état congestif, inflammatoire ou névrosique de l'appareil utérin, l'atténue, le calme, tandis qn'elles exercent encore sur l'ensemble de l'organisme une action reconstituante dont un des avantages est de rendre ultérieurement aux agents de la thérapeutique ordinaire une efficacité que l'ancienneté de la maladie et la langueur du système leur avaient retirée.

5° Maladies du système nerveux

es affections ont plus particulièrement contribué à établir la vogue scientifique des eaux de Lamalou-le-Centre. Leur action sédative par excellence joue ici le principal rôle. A côté, il convient de placer leur action analeptique et leur action résolutive. Les buvettes ferrugineuses et arsenicales, l'hydrothérapie jouent dans ces circonstances un rôle adjuvant considérable.

Voici d'abord quelques exemples de névropathies diverses, heureusement modifiées par les eaux de Lamalou-le-Centre.

OBSERVATION XXII. — *Chorée rebelle.* — Le jeune Charles B..., âgé de onze ans, est doué d'un tempérament nerveux assez marqué et a été, dans sa première enfance, sujet à des convulsions ; depuis près de deux ans il est atteint d'une affection nerveuse qui, consistant au début dans les manifestations de spasmes insolites, n'a pas tardé à revêtir les caractères de la danse de St-Guy. Toutes les médications antispasmodiques ont été inutilement essayées. Il arrive à Lamalou présentant les divers spasmes qui donnent un cachet si particulier à cette affection. Une saison de vingt-cinq bains et l'usage de l'eau de Bourges et Capus sont suivis d'une amélioration progressive et l'année suivante le malade revient, accompagnant un membre de sa famille, mais complètement guéri depuis son arrivée de Lamalou.

OBSERVATION XXIII. — *Hystérie avec dysménorrhée et aménorrhée.* — Madame de L..., femme d'un riche propriétaire, est âgée de 25 ans, tempérament nerveux et bizarreries de caractère. Elle a été réglée à l'âge de treize ans ; les règles furent assez régulières pendant près de deux ans, précédées seulement de véritables accès de larmes ; à 15 ans il se manifesta un état de faiblesse et de névrisme assez considérable qui fut rebelle aux moyens employés. En même temps la menstruation devint irrégulière et prit le caractère hémorrhagique.

La première attaque de nerfs se produisit pendant la 16ᵉ année. Depuis lors, malgré le mariage, elles ont augmenté d'intensité et de nombre, voici leur forme : Perte de connaissance, puis mouvements convulsifs et cris aigus, enfin délire pendant lequel Mᵐᵉ de L... chante, récite des vers, déclame, etc. Au même temps les règles se suppriment d'une manière presque absolue et les quelques gouttes de sang qui en tiennent lieu sont accompagnées de douleurs intolérables.

Un séjour d'un mois à Lamalou-le-Centre, avec traitement approprié, amena la disparition de ces *attaques nerveuses* ; sous l'influence de cette cure, les règles s'établirent complètement et avec régularité, la malade fut l'objet d'une véritable transformation.

OBSERVATION XXIV. — *Impuissance; Hypocondrie spermatorrhée.* — M. X..., âgé de 35 ans, est d'une assez bonne constitution et d'un tempérament nerveux. Dans sa jeunesse, il a fortement abusé de la vie, sous tous les rapports. Il ne tarda pas à éprouver des malaises divers et de la faiblesse, puis des pertes séminales, venues la nuit, sous l'influence de rêves et qui augmentèrent sa fatigue; un traitement sédatif n'empêche rien. Les pertes augmentent et sont suivies de palpitations, le malade devient hypocondriaque. La spermatorrhée se montre indifféremment le jour et la nuit, sans rêve et sans sensation, et la prostration devient des plus profondes, le malade est devenu complètement impuissant et conçoit de ce nouvel état de choses un chagrin si vif qu'il pense un instant au suicide. Il est traité cependant par le quinquina, les pilules de Vallet, la valériane et l'hydrothérapie ; six mois d'un pareil traitement ne donnent qu'une amélioration insignifiante. Le malade est alors adressé à Lamalou-le-Centre où il est traité par les bains de piscines ; les bains de siège froids à eau courante, l'hydrothérapie écossaise, et les boissons ferrugineuses et arsenicales. Pendant quinze jours l'état du malade ne subit qu'une modification insensible ; mais après ces dates, les pollutions s'écartent, les forces augmentent progressivement; la tristesse, la mélancolie disparaissent et le malade, ayant pu s'apercevoir du retour de sa force virile, reprend courage et part joyeux et satisfait du retour de toutes ses facultés. Cinq nouvelles cures, faites depuis lors, n'ont fait que confirmer cette heureuse disposition.

OBSERVATION XXV. — *Eclampsie.* — Mᵐᵉ Eugénie Fabre, de Sérignan (Hérault), fut atteinte d'un premier accès d'*éclampsie* pendant le septième mois de sa grossesse, l'accès ne fut pas fort, mais nécessita une saignée générale.

Quinze jours après, nouveaux symptômes de convulsions éclamptiques ; la malade sent une défaillance d'estomac, coïncidant avec un mouvement de l'enfant ; elle perd connaissance pendant ce temps, ses yeux dévient de leur axe, ses lèvres tremblent, ses mains se tordent (nouvelle saignée).

Chose singulière ! Mme Fabre accouche au mois de janvier d'un enfant magnifique, très gros, et pendant les douleurs elle n'eut point le moindre accès d'éclampsie.

Un mois après, Mme Fabre a une convulsion très forte. A compter de ce jour, l'estomac perd l'intégrité de ses fonctions, l'appétit diminue, les forces s'en vont ; néanmoins, la malade continue à vouloir nourrir son enfant jusqu'à la fin de mai. Il ne s'écoule jamais un espace de huit jours sans que Mme Fabre ait au moins une convulsion, quelquefois deux dans le même jour.

Je n'ai pas besoin de rappeler tout ce que j'ai fait sous le rapport thérapeutique. Je crois n'avoir rien négligé, mais en vain.

Le 8 juin, je dirige Mme Fabre sur les bains de Lamalou-le-Centre. Je lui ordonne de faire usage des Eaux en bains et en boisson.

Mme Fabre est revenue de Lamalou parfaitement guérie. Pendant son séjour elle n'a eu que quatre convulsions graduées ; mais depuis son retour nous n'avons rien observé. Dix-huit bains et l'usage continu des Eaux ont suffi pour cette cure remarquable. (L'enfant n'est pas sevré.)   Dr SABATIER.

'action salutaire des eaux de Lamalou-le-Centre s'exerce aussi d'une manière remarquable sur les affections qui dépendent d'un état morbide de la moëlle épinière, ces maladies redoutables y sont souvent améliorées et parfois guéries.

OBSERVATION XXVI. — *Congestion médullaire.* — A la suite d'excès répétés, M. X..., âgé de 28 ans, très anémique, est atteint depuis six mois d'impuissance locomotrice, survenue graduellement et assez accusée pour l'obliger à se servir d'une petite voiture. Crampes fréquentes des membres inférieurs ; diminution de la sensibilité tactile et perception très voilée des impressions du tact. Constipation opiniâtre avec débâcle diarrhéique. Absence de la contractilité vésicale : urine très alcaline. Dépression des fonctions génitales et spermatorrhée. Traitement à Lamalou-le-Centre.

L'anémie a diminué dès les premiers bains. Après 10 bains, le malade peut marcher à l'aide d'une forte canne ; la constipation a cessé et les pertes séminales ont diminué.

Effets consécutifs. La première saison a une transformation radicale de l'état de force et de la parésie locomotrice : encore quelques crampes et toujours même degré d'anesthésie. Jet d'urine normal. Diminution de la spermatorrhée.

— Après la deuxième cure, anesthésie diminuée. La faiblesse génésique semble aussi s'être atténuée.

OBSERVATION XXVII. — *Ataxie locomotrice.* — M. F..., ancien chef de bataillon, tempérament nerveux, 50 ans, a été souvent exposé à l'humidité, aux refroidissements, aux fatigues et a éprouvé souvent des émotions violentes.

Les premiers symptômes de l'ataxie se sont manifestés, depuis plusieurs années, par des douleurs fulgurantes dans les membres inférieurs. Puis, subitement, il y a un an, diplopie très accentuée qui a disparu depuis lors.

Au moment de l'arrivée du malade à Lamalou-le-Centre, l'examen révèle l'ataxie des mouvements d'une façon caractéristique. Guidée par la vue, la démarche est désordonnée et entravée ; sans le secours de la vue, l'hésitation devient très grande et la marche presque impossible.

Les douleurs occupent les membres supérieurs et inférieurs ainsi que le thorax. Cette dernière partie, dit le malade, semble étroitement comprimée par un lien circulaire. Le bras gauche est le siège des douleurs les plus vives. Les doigts de ce côté se contractent spontanément de diverses façons. Leurs mouvements volontaires sont hésitants et mal coordonnés : ce désordre est surtout appréciable dans l'action de saisir un objet.

L'examen des yeux montre seulement une dilatation très considérable de la pupille du côté droit. La contraction pupillaire est très difficile.

L'émission des urines est très ralentie. La virilité n'est pas complètement abolie.

Après une première saison à Lamalou-le-Centre, les douleurs fulgurantes ont tout à fait disparu ; la marche est devenue moins désordonnée et plus sûre, mais l'incohérence des mouvements des membres supérieurs a presque totalement cessé.

En somme, notable amélioration qui pousse le malade à venir s'installer à Lamalou-le-Centre pendant les saisons ultérieures.

L'année suivante, le malade a vu disparaître la plus grande partie des symptômes ataxiques qu'il accusait. Le traitement thermal a confirmé et maintenu cette amélioration, dont une troisième saison a permis de vérifier la persistance, et qu'on serait tenté d'appeler guérison, si les élancements douloureux des membres ne venaient seuls, en hiver, avertir le malade qu'il doit encore compter sur son affection.

OBSERVATION XXVIII. — *Ataxie locomotrice.* — M. X..., négociant en vins à Paris, est adressé par le Dr Andrieux, qu'il a consulté depuis un mois seulement pour des accidents ataxiques. Les principaux symptômes observés par ce praticien sont : affaiblissement de la vue, impuissance génésique ; incoordination des mouvements ambulatoires ; douleurs lancinantes ; difficulté d'uriner.

« Fort heureusement, écrit cet habile médecin, ancien malade et médecin à Lamalou-le-Centre, j'ai la plus grande confiance dans ces eaux, pour espérer la guérison. »

On constate à l'examen les symptômes types déjà indiqués. On trouve, à l'ophthalmoscope, les signes qui spécifient l'amaurose tabétique, notamment la coloration blanche, légèrement nacrée, remplaçant la teinte rosée normale.

En outre, le malade est porteur d'un eczéma chronique, qui a d'abord occupé la main gauche et qui occupe actuellement la langue. Cet eczéma est en voie d'amélioration.

D'accord avec le Dr Andrieux, le traitement suivant est recommandé.

1° 4 premiers bains tempérés, durée : une heure, le matin.

2° 12 bains consécutifs chauds, également le matin.

3° 6 derniers bains tempérés.

Douches générales écossaises, le soir, vers quatre heures.

Eau de la Vernière.

Après le bain, repos au lit. Après la douche, promenade à pied jusqu'au dîner.

Ce traitement n'a pas tardé à produire de bons résultats. Les douleurs lancinantes ont subi les premières modifications et le malade n'en éprouve pour ainsi plus dès le huitième bain.

Quant à l'incoordination des mouvements, son amélioration, d'abord retardée par un léger accident (chute), ne tarde pas à se manifester d'une manière appréciable, et le malade qui éprouvait les plus grandes difficultés au début à franchir la distance qui séparait son habitation de l'établissement des bains, fait, à la fin, d'assez longues promenades, non sans être encore rapidement fatigué.

En un mot, disparition à peu près complète des douleurs fulgurantes, diminution de l'ataxie elle-même, voilà les deux résultats obtenus par cette première cure à Lamalou-le-Centre.

▣ 6° Maladies des voies urinaires

es eaux de Lamalou-le-Centre sont souvent indiquées dans les affections des voies urinaires, telles que les néphrites, les catarrhes de la vessie, la plupart des malades qui arrivent à l'Etablissement avec des urines boueuses, purulentes, etc., voient, sous l'influence des bains et des boissons tous ces symptômes disparaître; ce résultat doit être attribué au mélange heureux des sels alcalins et de sels de fer, et à l'acide carbonique.

Mais c'est surtout vis-à-vis les affections chroniques des intestins que l'efficacité de ces eaux est indéniable. Très fréquemment, après l'usage des bains de cette station, des buvettes nombreuses qui l'environnent et des manœuvres hydrothérapiques pour lesquelles l'Etablissement est largement pourvu, disparaissent les maladies les plus rebelles et contre lesquelles s'étaient trouvées impuissantes les ressources les mieux combinées du régime et de la thérapeutique usuelle; on ne doit pas excepter de cette indication les dyssenteries chroniques contractées dans les pays chauds.

OBSERVATION XXIX. — *Néphrite chronique.* — M. P..., d'une constitution lymphatique, éprouve depuis plus de dix ans des douleurs dans les reins et les lombes, avec envies fréquentes d'uriner (il urine 30 ou 40 fois par jour); sa vessie se vide incomplètement, les urines sont purulentes et depuis quelque temps les fonctions digestives sont dérangées, le malade a beaucoup maigri. La vessie, examinée à la sonde, présente un épaississement notable des parois, que l'on aperçoit facilement en introduisant un doigt dans le rectum : elle ne contient pas de calculs. Douleur au niveau des reins lorsqu'on exerce une pression directe. Les bains et l'eau en boisson de Lamalou-le-Centre amenèrent chez le malade une amélioration rapide : les envies d'uriner, moins fréquentes d'abord, ne tardèrent pas à devenir normales ; l'appétit reparut, les douleurs cessèrent, et le malade retourna chez lui rétabli.

OBSERVATION XXX. — *Dyssenterie chronique des pays chauds.* — M. de L..., officier de marine, a contracté en Cochinchine la diarrhée chronique de ce pays et aucun traitement, depuis son retour, n'a pu en enrayer la marche. Il arrive à Lamalou-le-Centre dans un état d'amaigrissement et d'émaciation extrêmes. Son estomac supporte à peine de quoi l'empêcher de mourir de consomption et les selles, au nombre de cinq à six par jour, sont constamment fétides et liquides. Le traitement thermal et hydrothérapique auquel il fut soumis à Lamalou-le-Centre amena les meilleurs résultats. Les digestions s'établirent peu à peu et l'alimentation devint plus abondante, plus régulière et bien supportée. En même temps les selles diarrhéiques se transformèrent. Bref, au bout d'un mois de séjour, le malade n'avait chaque jour que deux selles et la plupart du temps moulées. Cette guérison s'est maintenue, et le même résultat a été obtenu chez d'autres malades, collègues et amis de M. de L..., que les mêmes causes avaient engagés à venir à Lamalou-le-Centre.

INDICATIONS GÉNÉRALES

n résumé, les eaux de Lamalou-le-Centre ont la double propriété d'être à la fois sédatives et reconstituantes. Leur action reconstituante se fait particulièrement sentir dans les affections qui ont pour élément l'appauvrissement du sang, telles que l'anémie, la chlorose, la diathèse lymphatique, les convalescences de fièvres ou de maladies graves, l'épuisement, cette série d'affections nerveuses et indéterminées dans lesquelles sont réunis ces deux symptômes dont le traitement paraît contradictoire : éréthisme et atonie; cette même action explique leur influence favorable dans les affections de la matrice. Ses buvettes fortement reconstituantes, digestives, ses bains sédatifs, ses appareils hydrothérapiques, sont des moyens extrêmement favorables quand il s'agit de ramener aux conditions physiologiques les règles insuffisantes chez les femmes débiles, névropathiques, de régulariser l'établissement de la menstruation chez les jeunes filles anémiques, lymphatiques, chlorotiques, ou d'aider aussi favorablement que possible l'époque de la ménopause.

L'influence sédative des eaux de Lamalou-le-Centre s'exerce particulièrement dans les affections douloureuses et névralgiques surtout de nature rhumatismale, dans les névroses, comme l'hystérie, la chorée, l'éclampsie, dans cet état protéiforme qui s'attaque à toutes les grandes fonctions de l'économie, et qu'on désigne sous le nom vague de nervosisme, enfin dans les redoutables affections de la moëlle épinière, et notamment dans la congestion médullaire et l'ataxie locomotrice.

CONTRE-INDICATIONS

 es eaux de Lamalou-le-Centre ne sauraient convenir aux états fébriles ou inflammatoires ; elles sont contre-indiquées dans la tuberculisation en voie de développement, dans la disposition marquée aux hémorragies, dans l'asthme essentiel, dans les lésions avancées du cœur et dans la congestion cérébrale.

CHAPITRE X

PARTIE GÉOLOGIQUE ET CHIMIQUE

a constitution géologique du vallon de Lamalou est très simple et très nette ; le bas-fond de la vallée est formé par des schistes talqueux appartenant aux terrains de transition et supportant partout des marnes irisées des terrains secondaires inférieurs. A Lamalou-le-Bas, par exemple, on ne voit guère que des marnes irisées ; mais, en s'avançant vers le nord, on ne tarde pas à les trouver, à Lamalou-le-Centre, au contact des schistes, et le rapport devient encore plus évident à Lamalou-le-Haut. Ces marnes irisées s'étendent, à l'ouest, à une grande distance, et vont retrouver les pics du Caroux et de l'Espinouse ; au nord, elles vont réjoindre les terrains houillers de Saint-Gervais ; à l'est, elles sont immédiatement recouvertes par le calcaire jurassique qui se développe vers Bédarieux.

Là ne se bornent pas les richesses minéralogiques du pays ;

d'abondantes mines de cuivre existent à une petite distance de Lamalou : celles de Saint-Gervais fournissent des chalcopyrites, celles de Neffiès du cuivre gris ; les mêmes minerais se trouvent aussi près d'Hérépian, à une petite distance de Lamalou, et l'on voit, dans un rayon de quelques kilomètres, plusieurs filons de manganèse, de fer sulfuré, de galène, etc., que l'on pourrait avantageusement exploiter. Enfin, les calcaires jurassiques qui se montrent vers la limite orientale de Lamalou contiennent de nombreux amas de dolomies et de serpentine, tandis que les marnes irisées offrent de riches gisements de gypse, de sulfate de baryte, etc.

La hauteur moyenne du baromètre est de 746 millimètres environ ; l'altitude de la vallée est de 170 mètres au-dessus du niveau de la mer.

Par les extraits donnés au chapitre II de l'intéressant mémoire de M. l'Ingénieur Clément, on peut, d'une manière certaine, se rendre compte de la constitution géologique du vallon de Lamalou et de l'origine de ses sources.

Si par des observations particulières nous recherchons l'époque à laquelle les Eaux thermales de Lamalou-le-Haut ont apparu pour la première fois à la surface du sol, nous sommes portés à leur accorder un âge bien reculé et contemporain du soulèvement de Caroux, c'est-à-dire pendant ou immédiatement après la formation des premiers terrains stratifiés : l'âge le plus ancien du Monde minéral.

Cette hypothèse découle naturellement des dépôts stratifiés de fer hydroxidé et de fer oxidé-hydraté qu'on suit avec intérêt dans la vallée de Lamalou-le-Haut.

Ces dépôts reposent immédiatement en stratification discordante sur les schistes cambriens, ils sont la base d'autres dépôts infraliassiques et supportent en stratifications concordantes les marnes irisées, les dolomies infraliassiques et les grés bigarrés qui ont été déposés dans cette vallée après le premier soulèvement.

Les couches schisteuses inclinent à l'E. sous un angle de 25°, tandis que les dépôts de fer, de marnes, etc., ne se montrent que sous une plongée de 4°.

Un fait particulier vient encore corroborer cette hypothèse : les dépôts ferrifères existent au-dessous de l'Etablissement thermal de Lamalou-le-Haut dans toute la partie inférieure de cette vallée ; mais au N., c'est-à-dire en remontant le cours de la rivière, ces dépôts n'existent plus, et les marnes irisées reposent directement sur les schistes de transition inférieure.

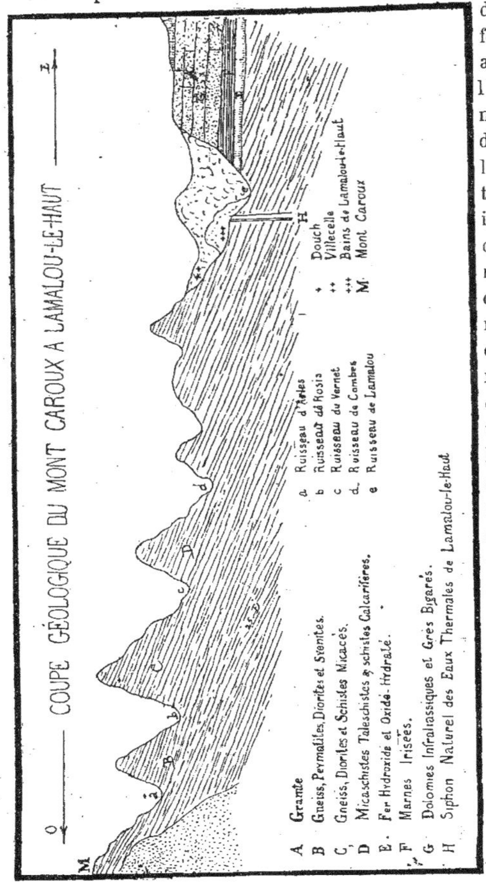

Or les dépôts constatés ont mêmes caractères minéralogiques et mêmes caractères chimiques que ceux qui, de nos jours, s'effec-

COUPE GÉOLOGIQUE DU MONT CAROUX A LAMALOU-LE-HAUT

A Granite
B Gneiss, Pegmatites, Diorites et Syenites.
C Gneiss, Diorites et Schistes Micacés.
D Micaschistes Taleschistes & schistes Calcarifères.
E Fer Hydroxidé et Oxidé-Hydraté.
F Marnes Irisées.
G Dolomies Infraliassiques et Grès Bigarés.
H Siphon Naturel des Eaux Thermales de Lamalou-le-Haut

a Ruisseau d'Arles
b Ruisseau de Rosis
c Ruisseau du Vernet
d Ruisseau de Combes
e Ruisseau de Lamalou

+ Douch
++ Villecelle
+++ Bains de Lamalou-le-Haut
M Mont Caroux

tuent journellement dans les déversoirs des piscines des bains de Lamalou.

Il est donc démontré que ce dépôt ferrifère doit son existence à la source thermale de Lamalou-le-Haut et que toutes les autres ne sont que des dérivés de cette *source-mère*, captée jadis par les Romains.

Les nombreuses sources qui jaillissent dans le vallon de Lamalou sont remarquables par l'analogie que présente leur composition chimique. Les différences que l'on remarque sont quelquefois si légères qu'on ne saurait douter d'une commune origine pour plusieurs d'entre elles.

La comparaison des analyses montre de la manière la plus évidente cette extrême analogie ; toutes contiennent en effet les mêmes substances.

L'arsenic existe dans toutes les sources de Lamalou. Nous pensons que la source de Lamalou-le-Centre est à cet égard un peu plus riche que les autres ; le fer est aussi un élément constant et il est toujours accompagné de traces de manganèse... Les carbonates alcalins présentent aussi dans leur quantité quelques oscillations ; mais on voit toujours une proportion notable de potasse à côté de la soude. Quant aux sulfates et aux chlorures, ils ne s'y trouvent jamais qu'à de très petites doses, et c'est là le caractère assez remarquable de ces eaux minérales. Les acides borique et phosphorique existent dans toutes ; la buvette Capus seule ne renferme pas de traces de phosphate. L'alumine, au contraire, est presque toujours absente, ou seulement en quantité infiniment petite ; la proportion des carbonates de chaux et de magnésie présente une fixité remarquable et n'est sujette à aucune variation.

Par ces caractères physiques, la source des bains de *Lamalou-le-Centre* ressemble beaucoup à celle de Lamalou-le-Bas ; elle diffère toutefois par la plus grande quantité de bulles gazeuses qu'elle laisse dégager et par sa température qui est au-dessous de 30°. Cette circonstance est la cause d'une différence dans les sensations que produisent les bains. En effet, on ne tarde pas à voir une quantité de bulles gazeuses s'appliquer sur la surface de la peau et donner lieu à un picotement et à une rubéfaction plus considérable que ne le font les autres sources de Lamalou.

La *Source Bourges* est captée avec le plus grand soin, de sorte qu'à son émergence elle n'a rien perdu de ses principes naturels. Un dôme en maçonnerie installé au-dessus de l'ouverture de la source s'oppose à toute perte de gaz et prévient ainsi toute altération de l'eau : la quantité d'acide carbonique qu'elle contient lui donne la propriété de se conserver sans décomposition, malgré la proportion assez élevée de fer qu'elle renferme. « Nous avons pu constater qu'après un séjour d'une année dans des bouteilles bien bouchées, cette eau avait conservé toute sa limpidité et n'avait subi aucune altération. »

CHAPITRE XI

ENVIRONS DE LAMALOU

EXCURSIONS (1)

n serait peut-être tenté d'attribuer à un sentiment de patriotisme exagéré des préférences
pour les eaux thermales que la France possède en si grande abondance. *La vérité est*
que nous n'avons pas besoin d'aller demander
à l'Étranger les bienfaits de ses bains de
mer, de ses eaux minérales, de son climat
plus doux, enfin de ses sites souvent trop
vantés.

Toutes ces choses, nous pouvons si avantageusement les remplacer
comme utilité et comme agrément. Pour n'en citer que peu d'exemples : si, au lieu de celles de Gastein, les sources de Lamalou-les-

---

(1) Suivre sur la carte des environs de Lamalou.

Bains coulaient sur les confins du duché de Salzbourg et de la Carinthie, à l'extrémité d'une des vallées les plus sauvages des Alpes Noriques, l'Autriche n'en serait que plus justement fière puisque les eaux de Lamalou, plus riches par le fer qu'elles renferment, conviennent mieux pour les tempéraments affaiblis ou épuisés.

Les sources de Spa qui jaillissent au milieu des bois et des montagnes, sous une latitude qui, pour les rhumatisants est loin de valoir le Midi de la France, n'ont, au point de vue thérapeutique, aucune qualité que les nôtres ne possèdent à un degré même supérieur ; de plus elles sont sujettes à des variations de température qui en détruisent ou en atténuent les effets. Carlsbad, Casciana, Monte-Catini ne sont en rien préférables à Lamalou. Enfin, nos Alpes, nos Pyrénées et nos Cévennes, laissent aux touristes des souvenirs que n'effacent pas ceux des plus beaux sites de la Suisse.

L'exercice et les distractions sont un adjuvant recommandé du traitement thermal. Le gracieux vallon de Lamalou, et, dans sa partie la plus pittoresque, les vastes parcs de l'Etablissement de Lamalou-le-Haut et de Lamalou-le-Centre suffisent au malade qui ne peut encore trop demander à ses forces renaissantes. Le petit Vichy, un peu perdu naguère au nord du vallon, a ses routes faciles qui conduisent aux thermes romains récemment découverts ; le rhumatisant peut sans crainte aujourd'hui, dans les chaudes journées d'été, y chercher la fraîcheur et y respirer un air exceptionnellement pur ; aussi ce but de promenade est-il préféré par les baigneurs.

De quelque côté que l'œil se tourne à Lamalou, il est attiré par des sites charmants et des buts de promenade intéressants à plus d'un titre.

RÉPUBLIQUE — MINISTÈRE DE L'AGRICULTURE ET DU COMMERCE
Vermeil 1884

Toulouse

VILLECELLE, LES-ARTS, LE FRAÏSSE

algré son attrait, Lamalou-le-Haut ne suffit bientôt plus au convalescent ; du Petit-Vichy et des thermes romains il se sent attiré vers Villecelle à l'ouest, charmant village dont dépendait autrefois Lamalou, n'ayant, il faut le dire, rien de monumental, mais à visiter comme type de bourgade montagnarde avec sa rue unique, sinueuse comme le fond d'un petit ravin, et bordé de pittoresques petites maisons construites où et comme l'ont permis les exigences d'un terrain exceptionnellement tourmenté ; de Villecelle pour venir au Fraïsse, la distance est minime et l'attrait est grand ; entre les deux, comme stations de repos et sur la route, une fraîche fontaine et sa jolie cascade dans un site entouré de bois ombreux ; un châtaignier séculaire, dont le tronc ne mesure pas moins de 5 mètres de circonférence, offre son écorce complaisante aux nombreux touristes qui tiennent à y laisser leur nom en souvenir de leur passage.

Les Arts et Le Fraïsse, placés gracieusement sur le versant de la montagne, au-dessus, vers le nord, pas assez éloignés pour faire résister à la tentation ; l'Horte avec sa jolie chapelle construite par le vénérable abbé Mazars, aumônier de Lamalou-le-Haut, et ses vertes prairies descendant jusqu'au ruisseau ; plus haut, la Billière, coquet petit hameau. Tout près le Cros, pittoresquement bâti sur le confluent de plusieurs torrents et entouré de grands arbres et de riants vergers. Les agréments de la route aux aspects si variés suppriment la fatigue du retour. Si de l'Etablissement thermal de Lamalou-le-Haut on descend le vallon, on arrive à la belle station de Lamalou-le-Centre, aux frais ravins et aux parcs ombragés qui en sont les dépendances, enfin à Lamalou-le-Bas. Sur la gauche, le plateau de N.-D. de Capimont (*Caput Montis*) couronne la montagne et invite à une excursion des plus intéressantes.

N.-D. DE CAPIMONT

eux chemins y conduisent, l'un par Lamalou-le-Bas, longeant le moulin et traversant le ruisseau ; le second, plus pittoresque, part de Lamalou-le-Haut, et passe par le pont de Bardejean.

Quel que soit celui que prendra le touriste, parvenu au but, il n'aura pas à regretter la fatigue, saisi par l'admirable panorama qui se déroule à ses regards.

La chapelle de N.-D. de Capimont est bâtie au sommet de crêtes abruptes dont la réunion forme un plateau qui domine le vallon.

Elle a été et reste encore un but de pieux pèlerinage et de processions solennelles ; des *ex-voto* nombreux la décorent, ils disent la foi, et aussi, dans le langage parfois naïf, mais toujours touchant des peintures, la reconnaissance des pèlerins ; l'une des chapelles est sous le vocable de sainte Anne dite : *la Marieuse.*

La bonne patronne a reçu bien des prières et elle a été, dit-on, souvent compatissante.

Les riches ont les agences matrimoniales, laissons aux pauvres leurs poétiques croyances, de ce côté du moins ils sont encore mieux partagés.

Chez l'ermite de Capimont, on trouvera hospitalité gracieuse et intelligence d'un cicerone convaincu.

Du sommet du plateau, et de quelque côté que se tournent les regards, la vue est splendide.

On découvre de là tout le vallon thermal de Lamalou; dans sa partie la plus large, l'établissement thermal de Lamalou-le-Haut qui paraît à portée de la main ; au-dessus, au milieu des touffes de verdure, les hameaux de Fraïsse, de Villecelle, des Arts suspendus sur le flanc des collines, jetant leurs teintes gaies sur ce frais paysage.

Derrière soi se déroule la vallée de l'Orb, où l'on peut suivre le cours de la belle rivière qui lui donne son nom ; elle roule doucement ses eaux limpides entre ses bords sinueux et verdoyants : à gauche, on voit Hérépian assis sur quatre routes ; à droite, le Poujol, gracieux village industriel qui paraît bâti au milieu d'un jardin.

Enfin, comme fond de ce tableau ravissant, la montagne de l'Espinouse et l'imposante masse de rochers qui forment le mont Caroux.

En face de N.-D. de Capimont et de l'autre côté de la vallée de l'Orb, se voit l'hermitage de Saint-Michel, remarquable par les vestiges d'une grande enceinte fortifiée, cachée comme un nid d'aigle au sommet d'un pic escarpé. De cette hauteur on jouit d'un point de vue des plus attrayants.

La chapelle de Saint-Pierre des Rhèdes est aussi un but charmant de promenade ; on y verra avec plaisir un des types bien conservés de l'architecture romane.

De cette chapelle au Poujol, une route de deux kilomètres bordée de platanes conduit le touriste et forme un berceau de verdure impénétrable aux rayons du soleil.

e Poujol, est un fort et riche village, dont les maisons étagées sur les flancs du coteau sont couronnées par la vieille église. Presque aucun baigneur, venu pour visiter ses filatures, ne le quitte sans remporter un de ces délicats objets de vannerie dont il s'est fait une spécialité.

Du Poujol, l'attrait seul d'une promenade sur les bords et dans les frais vallons de l'Orb, trouve peu d'indifférents. En passant, l'œil se repose sur le Margal, si pittoresquement placé au bord de la rivière ; sur la chapelle de Sainte-Colombe, qui a donné son nom gracieux au village de Colombières.

Avant d'arriver à ce village, on vient admirer une splendide cascade qui jouit d'un renom bien mérité ; après Colombières, se voient les ruines du vieux château ; un peu plus loin, comme à Villecelle, un

gigantesque marronnier, faute d'un livre *ad hoc* et sans donner en rien pour cela raison au proverbe, invite les baigneurs à lui laisser leur nom.

Quelque désir que les baigneurs puissent avoir de poursuivre leurs intéressantes excursions, ils rentrent à regret, n'osant affronter cette fois la descente aux gorges d'Héric ni l'ascension du mont Carous.

La Suisse, les hautes Cévennes et les Pyrénées offrent peu de sites plus saisissants que les gorges d'Héric. Après les frais paysages et les pittoresques points de vue, on va se trouver en présence des effroyables bouleversements de la nature à des époques inconnues.

De Colombières, la route, pour parvenir aux gorges, passe par le pont suspendu de Tarassac ; à 60 mètres au-dessous coule l'Orb ; le vertige un peu passé, on jouit, de ce point, du coup d'œil charmant des vallées de l'Orb et du Jaur, aux flancs verdoyants, émaillés de ci de là de gracieux villages ; on suit un petit chemin qui mène à la Trivalle (les trois vallées) dont le nom conservé depuis l'époque Gallo-romaine est dû à ce qu'il se trouve situé au confluent de trois vallées, celle de l'Orb, celle du Jaur et enfin celle qui est constituée par la réunion des deux rivières et qui, de la Trivalle, descend vers Roquebrune et Béziers.

Après ce hameau, une croix de pierre laisse l'espoir du retour et remplace l'inscription mise par Dante aux portes de son Enfer. On met pied à terre. Là est l'entrée des gorges, à la vue desquelles

prépare le rocailleux chemin qui forme la rue principale et unique du Verdier.

Le Cirque justement renommé de Gavarnie atténue, par ses proportions, la rudesse des détails. Ici on marche sur un enchevêtrement sauvage de rocs gigantesques qu'animent les flots écumeux de la rivière, pendant que d'autres rochers aux formes fantastiques forment les côtés, presque la voûte de cet antre colossal. Le poète et l'artiste admirent étonnés et s'arrachent avec peine à ce spectacle.

Héric se trouve à l'extrémité de cet amoncellement, avec ses misérables cabanes presque inaccessibles et perpétuellement suspendues sur l'abîme. Quel incompréhensible attrait y retient donc ses pauvres habitants ? Ne les dirait-on pas destinés à témoigner qu'une intelligence supérieure, impénétrable en ses desseins, a voulu ce cahos.

Quelques jours de repos suffiraient pour enlever tout reste de la fatigue hygiénique, subie dans la visite aux belles gorges d'Héric.

On pourra les utiliser en charmantes promenades, aux alentours encore inexplorés de Lamalou-le-Haut, avant d'entreprendre l'excursion obligée au mont Caroux et au Plo-de-Bru.

 a route qui conduit à Saint-Gervais et qui part d'Hérépian est dans toute sa longueur parfaitement carrossable. Dans son parcours, d'Hérépian à la hauteur de Capimont, elle ne présente pas d'intérêt nouveau. Mais arrivée sur le plateau, un délicieux panorama se développe, il attire et retient. Dès ce point, l'aspect s'accentue ; les roches sauvages peu à peu prennent la place des gazons verts et forment des éclaircies dans la teinte sévère des forêts ; on dirait des cabanes ou des ruines disséminées, leur nombre paraît encore accru par les hameaux de la Bourbouille, de la Sesquière, du Pradal et de Taussac. Ce dernier, entouré de ses roches basaltiques régulières comme une imposante cristallisation.

Le Mas de Soulié se gravit non sans difficulté, mais de son sommet une merveille se déroule qui impressionne vivement le touriste, quelque habitué qu'il soit aux beautés variées des environs de Lamalou.

Saint-Gervais-sur-Mare paraît couché au fond verdoyant d'un cirque immense dont la montagne formerait les gradins circulaires : la Mare, de ces hauteurs, brille comme un long ruban argenté, elle semble entourer les maisons du village dans ses replis sinueux.

La descente est facile, grâce aux nombreux contours que fait la route.

A Saint-Gervais, le touriste est sûr de trouver le plus bienveillant accueil; il pourra y visiter la petite chapelle de N.-D. de Lorette, jouir de l'aspect charmant des bords de la Mare, enfin, comme souvenir et distraction de route, il emportera de ces délicieux gâteaux et de ces biscotins dont Saint-Gervais a la spécialité. Un coup d'œil, au départ, à sa belle église et aux ruines du vieux château.

Le géologue et l'industriel s'arrêteront aux mines de la Gineste, curieuses à visiter, et aux gisements qui les entourent, riches en fer, en cuivre, en plomb argentifère.

Pour le retour, une autre route non moins pittoresque est ouverte au touriste. On quitte Saint-Gervais, en suivant le chemin bordé de châtaigniers qui conduit à Compayre ; arrivé sur le plateau qui le domine, la vue est magnifique : un sentier, un peu pénible pour les convalescents, descend vers le Tourrel, il s'adoucit pour venir au gracieux village de la Billière, où, à mi-chemin déjà, un peu de repos devient nécessaire. Le type de ce village est d'ailleurs des plus inté-

ressants avec les maisons à terrasses comme celles des villages d'Italie;
pour tous autres monuments, l'église, sans grand cachet particulier,
et le presbytère devant lequel aucun des baigneurs de Lamalou-le-
Haut ne passe indifférent, car là habite le pasteur aimé et vénéré
de tous, qui dessert la chapelle de leur établissement; à droite, le
Tourrel et le Cros.

Le chemin suivant le flanc du ravin découvre à chaque pas des
paysages nouveaux, touche le hameau des Arts et aboutit à Lamalou-
le-Haut, bordé de rochers du plus pittoresque effet sur la gauche,
et de l'autre côté dominant le ravin de la Veyrasse. La course est
terminée pour ce jour-là et ne laisse qu'un regret : celui de n'avoir
pu la compléter par l'ascension du mont Carous.

MONT CAROUS

e mont Carous avec les gorges d'Héric sont les deux grandes attractions de Lamalou; le premier demande et mérite à lui seul les honneurs d'une journée entière; les valides ou ceux qu'attirent les beaux spectacles de la nature, tiennent à assister, sur ces hauteurs, au lever du soleil; ils doivent alors partir la veille.

La route qui part de Lamalou-le-Haut passe par Villecelle et Le Fraïsse, posés l'un et l'autre sur le flanc de la colline qui forme un des côtés du vallon thermal de Lamalou, et du sommet de laquelle on jouit d'un admirable coup d'œil; elle se continue jusqu'au Logis-Neuf qu'on dirait placé là tout exprès comme halte de repos.

Après le Logis-Neuf on jette en passant un regard sur les sites déjà connus : à droite, le gracieux vallon de la Billière; à l'opposé, le Tourel; le chemin se poursuit en serpentant sur le versant ombragé de la montagne, laisse voir Senas caché dans son lit de verdure, le plateau de Madale et vient joindre la route de Douch au carrefour de la Croix. Ce dernier chemin suit le fond d'une vallée fertile, sur un des côtés de laquelle s'aperçoit le village de Rosis avec son château. On arrive au Cabaret, à Perpignan, et enfin à Douch. Le touriste pourra dans un de ces trois endroits trouver un gîte où attendre l'heure matinale de l'ascension; les nuits sont courtes en été et de plus l'attente du beau spectacle que réserve le lever du soleil fera gaiement passer sur les quelques détails de confort qui pourraient manquer.

Du Cabaret l'ascension est facile et on a bientôt atteint le sommet du Carous; l'obscurité enveloppe encore la terre, mais les étoiles semblent s'éteindre une à une, peu à peu le ciel s'éclaire du côté de la mer, derrière le mont de Cette dont la silhouette sombre se dessine nettement ; la nature entière paraît alors s'éveiller : les montagnes apparaissent voilées encore, les brumes de la nuit font place à des teintes indéfinissables à travers lesquelles les torrents et les cascades scintillent semblables à des ruisseaux d'argent pour venir se perdre dans le fond ténébreux des vallées. Le soleil monte et paraît enfin jetant sur l'horizon immense son éclatante splendeur.

L'œil ébloui par ce grandiose spectacle a peine à se fixer dans ce

vaste champ de merveilles : au fond, le cercle bleu de la Méditerranée, nappe éblouissante ; à gauche, le mont Ventoux, dernier contrefort des Alpes ; à droite, la belle chaîne des Pyrénées aux sommets neigeux coupés d'ombres ; à ses pieds les grandes et belles plaines du Languedoc avec leurs villes échelonnées et leurs grands étangs qui miroitent ; enfin, comme cadre à cet imposant tableau, les cimes de la Montagne Noire, des Alpes, des Cévennes.

Tel est la froide analyse des splendeurs qu'aucune description ne saurait rendre.

Le touriste s'y arrache à regret, jetant à peine un coup d'œil sur les gorges d'Héric ; son regard tout plein de lumière se détourne de ce sombre amoncellement de roches, il se fixe distrait aussi sur le plateau dit le Plo-des-Brus, séparé du Carous par le col de l'Ourtégas. C'est sur ce plateau aujourd'hui envahi par les bruyères que les Romains avaient construit un camp dans une situation topographique exceptionnellement bien choisie. *C'est de là aussi qu'explorant les alentours, ils découvrirent les sources minérales de notre riche vallon et choisirent celles de Lamalou-le-Haut pour alimenter leurs thermes, ainsi que le prouve la belle piscine récemment découverte.*

On peut, au retour, mieux voir le mont Carous ; c'est un magnifique rocher de 1093 mètres de hauteur, sillonné de chemins escarpés qui laissent le choix pour rentrer à Lamalou ; mais mieux vaut, à tous les points de vue, reprendre celui déjà parcouru à l'aller, il présentera des sites, inaperçus d'abord, qui donneront à cette course l'attrait de distractions nouvelles.

 a visite aux gorges d'Héric et l'ascension du Carous sont deux très belles excursions ; mais il en existe d'aussi belles, d'aussi remarquables.

En première ligne, la visite au Plô-de-Bru et au pas de la Lauze, et le retour par Saint-Gervais, en passant par une merveille de la nature : le portail de *Roquedouire,* qu'à distance on dirait élevé par la main des hommes. Voici l'itinéraire à suivre :

Partir aux premières lueurs du jour, à pied ou à cheval, les dames à dos d'âne, et monter par le Carral, le Logis-Neuf, Rosis, Douch, le col de l'Ourtegas où l'on passera sur la place même de l'ancienne voie romaine, à travers une coupure du rocher exécutée pour donner passage à cette voie (1).

Arrivée au pied des ruines de l'oppidum césarien, la caravane, après avoir admiré ces restes imposants, se groupera autour d'une source fournissant toujours une eau fraîche et excellente, et fera joyeusement honneur aux vivres dont elle se sera munie.

De ce point, elle pourra contempler sous ses pieds (1000 mètres d'altitude) la naissance des gorges d'Héric vues du côté opposé à celui qu'elle aura visité une première fois par Colombières ; l'aspect en est presque aussi beau de ce côté que de l'autre ; il est même plus imposant. Chacun se trouvera si bien, à l'ombre des hêtres splendides

(1) A Lamalou-le-Haut, en face la Piscine Romaine, se voit aussi une roche ainsi taillée à la même époque et dans le même but.

qui étalent en ces lieux privilégiés leurs superbes et larges éventails pareils à d'impénétrables toitures, qu'un bon repos de deux heures y sera pris avec plaisir ; la continuation de l'excursion devant se faire à pied, les intrépides laisseront leurs compagnons peu disposés à entreprendre la pénible descente du Plo-du-Bru à Saint-Gervais, revenir à Lamalou par la route déjà parcourue, et eux, armés du bâton ferré, graviront les dernières pentes du plateau d'où ils jouiront d'une vue incomparable ; ils descendront ensuite à travers les montagnes les plus pittoresques du monde, en passant dans la coupure même de l'étonnant portail d'Endouire, vers Saint-Gervais, où des voitures commandées seront venues les attendre pour les ramener à Lamalou avant la nuit.

n peut prédire d'avance les surprises les plus imprévues aux audacieux piétons, capables d'entreprendre cette difficile excursion.

Une autre but de promenade à recommander, même à nos belles et délicates baigneuses, est la visite des belles grottes d'Aubès.

On peut se rendre en voiture à l'entrée même des grottes en quelques heures par Saint-Gervais, Endabre et le plateau de Saint-Amans ; les amateurs d'une belle excursion à pied, en gravissant de belles montagnes, s'y rendraient en une heure à partir d'Endabre, par Plaisance et Saint-Geniès de Varensal : de belles eaux vives dans la vallée, une végétation d'une fraîcheur délicieuse, leur feraient parcourir avec un extrême plaisir la première partie de la route, puis ils monteraient à travers des sentiers abrupts, mais embellis pour les vrais touristes par les rochers les plus fantaisistes, les plus pittoresques qui puissent s'imaginer, et arriveraient à l'entrée des grottes presque aussitôt que leurs compagnons transportés par les voitures.

Ces grottes d'Aubès sont extrêmement belles, et, une fois connues des baigneurs de Lamalou, elles deviendront une *attraction* à laquelle chacun voudra satisfaire au moins une fois.

Elles ne le cèdent en rien aux belles grottes des Demoiselles de Saint-Bauzille, du Putois, si connues des amateurs de ce merveilleux spectacle de la nature souterraine.

VILLEMAGNE

ar son nom, Villemagne atteste l'importance, tout au moins relative, qu'a eu cette jolie petite ville dans les siècles passés.

Des restes nombreux et bien conservés permettent de reconstituer son histoire ; ils sont pour l'archéologue et l'artiste du plus grand intérêt.

Pour se rendre à Villemagne, la route est facile ; quoique sans l'attrait du pittoresque qu'offrent les autres excursions, celle-ci a un agrément particulier, elle peut s'effectuer en voiture.

De Lamalou-le-Haut on descend vers la vallée de l'Orb, qu'on remonte jusqu'à Hérépian ; de là on entre dans la jolie vallée de la Mare animée par le torrent auquel elle sert de lit.

Des ruines nombreuses et extrêmement intéressantes indiquant la place où existaient les remparts de la ville fortifiée, la vieille église jadis dédiée à saint Martin, à près d'un kilomètre de la ville, donnent l'idée de l'étendue qu'elle avait en des temps meilleurs. Les restes de sa célébre Abbaye qui existait déjà au VIII⁰ siècle, ont servi aux habitations modernes ; aussi dans chacune d'elles il serait facile de retrouver d'éloquentes preuves de la richesse de ce vaste couvent qui feront la joie de l'antiquaire et de l'archéologue.

Les galeries de mine subsistent encore quoique depuis bien longtemps abandonnées. C'est de là qu'on extrayait le plomb argentifère assez riche en métal précieux pour qu'on ait établi à Villemagne dite l'Argentière un hôtel des Monnaies. Par arrêt du Parlement de Toulouse, un tiers du produit de ces mines était attribué au Sire de Trincavel, un tiers à la Vicomtesse de Narbonne, un tiers aux moines bénédictins de Villemagne.

Les restes mutilés de l'hôtel des Monnaies indiquent qu'il était d'une grande richesse.

Il ne reste de l'église Saint-Mayan, qui était jadis celle de l'Abbaye, que le chœur heureusement sauvé de la destruction. Type très curieux de l'époque de transition, il offre, comme presque tous les monuments religieux du XIIme au XIIIme siècle, ce mélange de roman et de gothique qui précède l'explosion artistique du XIIIme siècle (1).

On y conserve les restes vénérés de saint Mayan, son illustre patron ; ils furent apportés à Villemagne de l'insigne basilique Saint-Sernin de Toulouse qui, après Rome, est l'église du monde renfermant le plus de reliques.

Villemagne est aujourd'hui une ville toute de souvenirs, et par cela même des plus intéressantes à visiter.

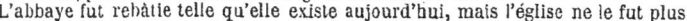

(1) Il est facile de retrouver sur place les vestiges de l'ancien édifice qui était très vaste et s'étendait jusques aux portes de l'abbaye :

L'ancienne abbaye et l'église elle-même furent détruites pendant les guerres de religion, au cours du XVIe siècle, par une invasion des Huguenots de Graissessac.

L'abbaye fut rebâtie telle qu'elle existe aujourd'hui, mais l'église ne le fut plus.

CHAPITRE XII

RENSEIGNEMENTS DIVERS

SERVICE MÉDICAL

 l y aurait souvent danger, quelle que soit la réputation méritée d'une source, à s'administrer les eaux sans s'inquiéter si le mal dont on va leur demander la guérison est toujours et directement justiciable de leur emploi.

Alors même qu'il en serait ainsi, il n'appartient pas au malade de décider où doit se limiter l'usage, où commence l'abus des eaux minérales.

Aussi ne doit-on aborder une station thermale qu'après consultation sérieuse et renseignements circonstanciés donnés sur son tempérament, sur les moyens qui lui réussissent habituellement ou échouent.

Le baigneur, s'il n'a les indications précises de son médecin ordinaire, devra, à l'arrivée, choisir un praticien habile, à la prudence et au savoir duquel il n'aura plus qu'à se confier.

La station thermale de Lamalou-les-Bains est favorisée entre toutes sous le rapport de son service médical.

« Tout ce que l'observation a de plus exact, la pratique de plus « sûr, la sollicitude médicale de plus affectueux, on le trouve chez « M. Boissier, qui sait toutes les ressources des eaux de la vallée. »

Ainsi s'exprimait dans son N° du 24 août 1883, le *Messager du Midi*; et nous ne saurions plus justement apprécier le savant Inspecteur des Etablissements de Lamalou-le-Haut et de Lamalou-le-Centre.

Ses études, notamment sur la fièvre thermale, l'ataxie locomotrice et les affections du système nerveux ont été trois fois couronnées par l'Académie de médecine de Paris ; les rapports officiels qui en font l'éloge font, du même coup, celui des eaux de ces deux Etablissements et émanent d'une autorité dont on pourrait contester la valeur.

M. le docteur Belugou, lauréat de l'Académie de médecine, dans ses remarquables travaux sur les eaux de Lamalou contre les affections chroniques de la moëlle (paralysie, ataxie locomotrice, atrophie musculaire), sur le traitement de l'ataxie locomotrice par les eaux de Lamalou, sur les indications des eaux de Lamalou dans les névralgies, a vulgarisé le mérite de ses diverses sources et montré la connaissance parfaite qu'il avait de leur composition comme de leurs effets.

M. le docteur Millau, de la Faculté de Paris, par les services rendus, a su conquérir la reconnaissance des nombreux malades qui s'adressent à son expérience consommée. Son cabinet est ouvert toute l'année.

M. le docteur Cros, Inspecteur à Lamalou-le-Bas, consultant à Lamalou-le-Haut et le Centre, et sur l'impartialité comme sur l'extrême bienveillance duquel tous les baigneurs savent pouvoir compter.

M. le docteur Cros a publié divers travaux dans lesquels il a spécialement étudié le rhumatisme et ses diverses manifestations : du rhumatisme viscéral, du rhumatisme de l'âge critique, de la douleur en général, etc., etc.

M. le docteur Privat, ancien Inspecteur à Lamalou-le-Bas, a consacré sa longue carrière au développement de notre station thermale. Son savoir pratique, son aménité, l'intérêt impartial qu'il porte au succès mérité de chacun des trois Etablissements lui ont dès longtemps acquis la reconnaissance de Lamalou-les-Bains.

M. le docteur Ménard, dont la science reconnue n'a rien ôté aux qualités du cœur et qui semble réserver pour les deshérités de la fortune le meilleur de son aménité et de son dévouement.

Enfin des Médecins, dont le nom fait autorité, des Facultés de Montpellier, de Paris et des divers points de France, viennent chercher pour eux-mêmes, à Lamalou, une guérison que les eaux les plus réputées n'avaient pu leur obtenir; appuyant ainsi leurs conseils de l'exemple, ils se font les précieux auxiliaires de notre service médical.

Le choix des eaux prises en bains ou en boissons est extrêmement important. A de très rares exceptions, les sympathies personnelles n'ont aucune influence sur les conseils donnés. Le nombre des sources et la diversité de leurs propriétés, nécessitent une étude approfondie et la connaissance parfaite de chacune d'elles.

Les savants Docteurs de la station ont acquis cette connaissance par une pratique suivie ; aussi les malades peuvent-ils avoir confiance entière dans leur savoir ; ils peuvent de plus compter sur l'indépendance professionnelle de leurs conseils.

Les indigents trouvent auprès d'eux tous sympathies et soins désintéressés.

Ces renseignements, donnés aux malades qui viennent à Lamalou demander soulagement et guérison, seraient incomplets si nous omettions de signaler les sommités médicales qui ont fait des affections tributaires de nos sources une étude spéciale.

En tête, nous citerons l'éminent professeur de clinique des maladies nerveuses à la Faculté de Médecine de Paris : M. le Dr Charcot. Ses travaux sur la matière et ses décisions ont force de loi.

A la Faculté de Médecine de Montpellier : M. le Dr Combal, professeur de clinique médicale ; M. le Dr Grasset, professeur de thérapeutique et matière médicale; M. le Dr Moitessier, professeur de chimie médicale et ancien doyen. La précision de ses savantes analyses restera le guide sûr des médecins et des malades.

SERVICE RELIGIEUX

ulte catholique. — Le service religieux qui, à juste titre, peut être une des préoccupations des baigneurs, a lieu à Lamalou-le-Haut dans la chapelle de l'Etablissement.

Les malades peuvent s'y rendre sans fatigue et sans s'exposer aux intempéries de l'air.

La chapelle est desservie par un vénérable prêtre dont se souviennent avec reconnaissance tous ceux qui ont eu recours à son pieux ministère, et par les ecclésiastiques qui fréquentent la station.

Lamalou possède en outre son église paroissiale à Villecelle.

Les offices se célèbrent à la chapelle de l'Etablissement de Lamalou-le-Haut, aux heures suivantes :

Messe, à 9 heures du matin.

Vêpres, à 3 heures de l'après-midi.

A peu de distance se trouve l'ermitage de Capimont, dédié à Notre-Dame ; l'une des chapelles qui s'y trouvent est sous le vocable de saint Joseph, une autre sous celui de sainte Anne : cette dernière, ainsi que nous l'avons dit, a sa légende à laquelle semblent donner raison les nombreux ex-voto qu'on y conserve ; elle porte le nom de Chapelle de Sainte-Anne la Marieuse. Les Etablissements de Lamalou-le-Centre et de Lamalou-le-Bas ont également leurs chapelles particulières.

Culte réformé. — Le culte réformé a un temple protestant à Lamalou ; le service religieux y est présidé par le pasteur du consistoire de Bédarieux.

Chaque dimanche, à 4 heures.

HOTELS

insi que nous l'avons dit au cours de cette notice, la station thermale de Lamalou-les-Bains a, dans ses dernières années, doublé d'importance et réalisé de sérieuses améliorations pour répondre aux justes exigences des baigneurs de plus en plus nombreux, venant demander à ces sources une guérison vainement cherchée ailleurs.

Trois établissements offrent aux malades, dans leurs hôtels respectifs, toutes les facilités que nécessite leur état avec le confort des maisons de premier ordre. En outre, Lamalou comprend un bon nombre d'hôtels récemment construits, de belles villas dans des sites charmants et des maisons particulières dans lesquelles les baigneurs peuvent, suivant leurs désirs et leurs moyens, trouver le luxe, la tranquillité, ou les agréments de la vie de famille.

Enfin des chambres meublées et des appartements confortables, sont en location dans presque toutes les maisons de Lamalou.

Parmi les principaux hôtels nous citerons : à Lamalou-le-Haut, Grand hôtel de l'Etablissement attenant aux thermes auxquels conduit un passage couvert qui permet aux baigneurs de s'y rendre par tous les temps, sans les précautions à prendre ni les dangers à courir d'une course à l'extérieur, soit avant soit après le bain ou les douches. Grands et petits appartements, table d'hôte et à la carte, service particulier. Les frais ombrages de ses parcs, les collines verdoyantes

et boisées qui
en dépendent,
les cours d'eau
vive qui y en-
tretiennent,
dans les chau-
des journées
d'été, une fraî-
cheur cons-
tante, donnent
à l'hôtel de La-
malou-le-Haut
et à ses alen-
tours, un at-
trait tout par-
ticulier. On y
vit, on y res-
pire, on y gué-
rit.

Sa disposi-
tion et les sites
gracieux qui
l'entourent,
n'ont rien de
l'aspect attris-
tant d'une mai-
son de santé :
ils sont un ad-
juvant pré-
cieux de la
vertu des
sources.

A Lamalou-le-Centre, l'hôtel de l'Etablissement est à la hauteur des meilleures maisons de ce genrè. Table d'hôte ou à la carte ; des salons particuliers sont mis à la disposition des baigneurs, et on sert dans leur chambre les malades qui le désirent.

Nombreux appartements des plus confortables et à des prix très modérés.

Un vaste jardin, environné de charmantes promenades, renferme les principales buvettes.

CASINOS, CERCLES, CAFÉS

 es sources du vallon thermal de Lamalou sont assez justement renommées pour attirer les baigneurs ; toutefois, comme complément, non comme prétexte, les attractions de toute nature n'y sont point négligées. Aux convalescents, aux touristes, à ceux que la reconnaissance ramène, la station offre ses casinos, ses salles de concert et de spectacle, ses cafés, ses jeux variés, ses bibliothèques.

Grand Casino du Petit-Paris : salles de jeux et de conversation,

théâtre, orchestre et personnel de choix. Cet établissement, entièrement reconstruit et richement aménagé, promet, sous l'habile direction de M. A. Blanc, de se maintenir au premier rang.

Grand Café et Cercle de Lamalou-le-Haut, salles de billards, de lecture et de concert. Musique tous les jours dans les beaux parcs de l'Etablissement.

Directeur, M. A. Sicard.

A Lamalou-le-Centre, Café-Pavillon de l'Etablissement.

VOITURES, CHEVAUX DE SELLE

n outre des omnibus et voitures qui de Lamalou-le-Haut et le Centre se rendent à la Gare, à l'arrivée et au départ de chaque train, ces deux établissements mettent au service des étrangers et des baigneurs : calèches, coupés, victorias, etc., chevaux de selle et poneys pour promenades et excursions, loués à l'heure ou à la journée.

Des guides sont également mis à la disposition des touristes.

POSTES ET TÉLÉGRAPHES

e bureau des Postes et Télégraphes est situé à Lamalou-le-le-Centre, en face l'hôtel de l'Etablissement thermal du Centre.

Les bureaux sont ouverts au public : de 7 heures du matin à midi, de 2 heures à 7 heures du soir.

Les dimanches et jours de fêtes, les bureaux sont ouverts : de 7 heures du matin à midi, et de 2 heures à 4 heures du soir.

Deux boîtes supplémentaires sont placées, l'une à Lamalou-le-Haut, Etablissement thermal, l'autre à Lamalou-le-Bas.

MAIRIE

M. Bouffard, maire, à Lamalou-le-Haut.

La Mairie est située entre Lamalou-le-Centre et Lamalou-le-Haut. Les bureaux sont tous les jours ouverts au public : de 8 heures à 10 heures du matin, de 2 heures à 4 heures du soir.

MOYENS DE SE RENDRE A LAMALOU-LE-HAUT

ET A LAMALOU-LE-CENTRE

 ans un avenir très prochain, la voie ferrée desservira Lamalou directement, tous les travaux d'art sont terminés, la gare construite; en attendant, on va à Lamalou :

De Paris : 1° en 20 heures, par Orléans, Limoges, Capdenac, Rodez et Bédarieux.
— 2° en 23 heures, par Dijon, Lyon, Tarascon, Montpellier. Bédarieux.
— 3° en 23 heures, par St-Germain-des-Fossés, Clermont, Nîmes, Montpellier, Bédarieux.
De Bordeaux, en 8 h. 1/2, par Agen, Toulouse. Carcassonne, Béziers, Bédarieux.
De Toulouse, en 5 h., par Carcassonne, Béziers, Bédarieux.
De Marseille, en 10 h , par Tarascon, Nîmes ou Arles-Lunel, Montpellier, Bédarieux.
De Montpellier, en 2 h. 40, par Paulhan-Faugères, Bédarieux.
De Barcelone, en 13 h. 35, par Port-Bou (frontière), Perpignan, Narbonne, Béziers.

Toutes les Compagnies mettent à la disposition des voyageurs qui en font la demande des wagons-lits. On peut ainsi, sans changer de voiture, se rendre à Bédarieux par les diverses lignes, soit de Paris ou des points les plus éloignés.

A la gare de ~~Bédarieux~~ et à l'arrivée de tous les trains, l'Etablissement de Lamalou-le-Haut tient au service des baigneurs et touristes, des voitures particulières et des tramways capitonnés pour le rapide et court trajet de Bédarieux à Lamalou.

Pour des voitures de famille : Ecrire à l'avance au DIRECTEUR DE L'ETABLISSEMENT THERMAL DE LAMALOU-LE-HAUT.

Les indications ci-dessus sont également applicables à Lamalou-le-Centre.

u'il nous soit permis, en terminant cette notice, d'exprimer nos sentiments de gratitude pour les excellents conseils qui nous ont constamment aidé ; pour la bienveillance extrême avec laquelle le corps médical tout entier de Lamalou-les-Bains a mis à notre disposition le résultat d'études consciencieuses et incessantes.

Nous redirons encore ce que notre station doit aux travaux des éminents chimistes FILHOL, O. HENRY, WILLM, BÉCHAMP, de GIRARD, MOITESSIER ; des géologues P. de ROUVILLE, doyen de la Faculté des Sciences de Montpellier ; François de NEUFCHATEAU, inspecteur général des Mines ; aux savantes recherches et aux captages si magistralement conduits, desquels nous devons la plus grande part de nos richesses thermales.

Dans un autre ordre, notre reconnaissance est due au créateur de Lamalou-le-Centre, M. BOURGES. Sa persévérante confiance peut être désormais satisfaite, aussi est-ce avec justice que son nom a été donné à la plus précieuse source du groupe thermal le plus riche de Lamalou-les-Bains.

V. G. F.

FIN

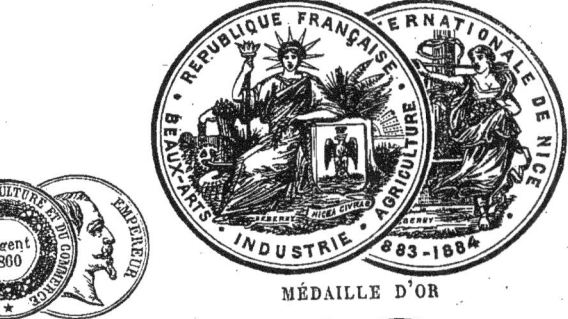

MÉDAILLE D'OR

Montpellier

Toulouse.

Montpellier

TABLE DES PRINCIPALES MALADÍES

COMBATTUES PAR LES EAUX DE LAMALOU-LE-HAUT ET LAMALOU-LE-CENTRE

EXPLICATION DES PRINCIPAUX TERMES TECHNIQUES

EMPLOYÉS DANS LA NOTICE

Adénite (1).
Inflammations des glandes (Αδην; glande).

Albuminurie.
Emission d'urines qui contiennent de l'albumine (*Albumen*, blanc d'œuf).

Aménorrhée.
Suppression ou absence du flux mensuel (μήν, mois, ῥεὶν, couler).

Anémie.
Abaissement du nombre normal des globules du sang (αν. privatif, αἱμα, sang).

Anesthésie.
Privation générale de la faculté de sentir (αν. privatif, αἰσθανεισθαι sentir).

Ankylose.
Impossibilité absolue des mouvements d'une articulation (αγκύλωος, courbure), parce que, en général, elle déforme la rectitude du membre.

Arthrite.
Inflammation d'une articulation (αρθρον, articulation).

Asthénie.
Débilité, faiblesse (α privatif, σθενος, force).

Ataxie.
Ensemble de phénomènes nerveux, remarquables par l'irrégularité de la marche et la gravité des maladies auxquelles ils sont liés, ataxie locomotrice (α privatif, τασσω, arranger).

Atonie.
Défaut de ton, alanguissement (α privatif, τονος, ton).

Atrophie.
Amaigrissement, diminution d'une partie du corps par défaut d'alimentation (α privatif, τρέφω, nourrir).

Cachexie.
Altération manifeste des habitudes du corps : cancéreuse, tuberculeuse, goutteuse (κακὺς, mauvais, εξιο, état).

Calculs.
Concrétions pierreuses qui se forment dans certains organes — biliaires, urinaires — reins, vessie (*Calculus*, caillou).

Cardiaque.
Qui appartient au cœur ou au cardia, orifice supérieur de l'estomac (χαρδια, cœur).

---

(1) Généralement, la terminaison *ite* indique une inflammation de l'organe.

Carie. Destruction des os et des dents par altération (*caries*).

Catarrhe. Flux morbide par une membrane muqueuse, pulmonaire, utérin, vésical (κατὰ, en bas, ρεῖν, couler).

Chloro-Anémie. Etat dans lequel la chlorose et l'anémie se confondent.

Chlorose. Maladie qui affecte ordinairement les jeunes filles non réglées (χλωρὸς, jaune et verdâtre), une pâleur excessive, une teinte jaunâtre ou verdâtre de la peau caractérisent cette affection.

Chorée. Dite aussi danse de Saint-Guy, mouvements irréguliers, continuels et involontaires des organes (χορεία, danse).

Coxalgie. Douleur ou maladie de la hanche (lat. *coxa*, cuisse, αλγος, douleur)·

Danse de St-Guy. (Voyez Chorée).

Dermatose. Nom générique des maladies de la peau (Δέρμα, peau).

Diabète. Caractérisée par l'émission abondante d'urines contenant une matière sucrée (διὰ, à travers, Βαίνειν, aller).

Diaphragme. Muscle très large et fort mince, séparant la poitrine de l'abdomen (διὰ, en travers, φρασσειν, boucher).

Diarthrose. Articulation qui permet aux os des mouvements en tout sens (Διαet αρθρον, articulation).

Diathèse. Disposition générale à l'atteinte simultanée de plusieurs maladies de même nature (διὰ, à travers, θεσις, position).

Diplopie. Lésion de la vue, montrant les objets doubles (Διπλόος, double).

Diurèse. Abondance d'urine (διὰ, à travers ουρεῖν, uriner).

Dysménorrhée. Ecoulement difficile des règles (δυς, mal, μὴν, mois, ρέεῖν, couler).

Dyspepsie. Difficulté à digérer (δυς, mal, πέπτειν, digérer).

Dyspnée. Difficulté de respirer (δυς, mal, πνέιν, respirer).

Dysurie. Difficulté à uriner (δυς, mal, οορον, urine)·

Eclampsie. Affection convulsive avec perte du sentiment et de l'intelligence (εκ et λαμπειν, briller).

Eczéma. Affection cutanée, caractérisée par de petites vésicules rapprochées les unes des autres (εκ de, ζεῖν, bouillir).

Endocardite. Inflammation de la membrane qui tapisse les cavités internes du cœur (Ενδον, en dedans, χαρδία, cœur).

Entérite. Inflammation de la membrane muqueuse qui tapisse le canal intestinal (Εντερον, intestin).

Epigastre. Partie supérieure de l'abdomen (ἐπι, sur, γαστήρ, ventre).

Eréthisme. Etat d'exaltation des phénomènes vitaux dans un organe (ερετιζεῖν, irriter).

Erratique	Irrégulier, déréglé, qui change de place (*errare*, errer).
Eupepsie.	Bonne digestion (Ευ, bien, περις, digestion).
Exostose.	Tumeur osseuse à la surface d'un os (εξ de, όστέον, os).
Galène.	Sulfure de plomb natif, soit simple soit argentifère (Γαλήνη).
Gastralgie.	Douleur nerveuse d'estomac (γαστρος, estomac, άλγος, douleur).
Gastrite.	Inflammation de la membrane muqueuse de l'estomac.
Gravelle.	Corps gravuleux semblable à du sable, venant des reins dans la vessie.
Griffons.	Points d'émergence des filets d'eau constituant une source.
Hemi.	Demi, moitié — diminutif du terme qu'il précède (Ημι, moitié).
Hemiplégie.	Paralysie de la moitié latérale du corps (Ημι, moitié, πλησσείν, frapper).
Hépatite.	Inflammation du foie (ηπατος, du foie).
Herpéthisme.	Diathèse, le plus souvent de nature goutteuse, qui produit des éruptions (Ερπης, dartre).
Humérus.	Os du bras depuis l'épaule jusqu'au coude (*humerus*, épaule).
Hydarthrose.	Hydropisie articulaire (ύδωρ, eau, άρθρον, articulation).
Hypocondrie.	Tristesse habituelle par la crainte de maladies imaginaires.
Hystérie.	Maladie nerveuse, avec convulsions et sensation d'une boule qui remonte de la matrice dans la gorge (ύστέρα, matrice).
Ischurie.	Rétention d'urine (ισχείν, retenir, ούρον, urine).
Kyste.	Membrane, en forme de vessie sans ouverture, qui renferme des humeurs contre nature (κύστις, vessie).
Leucorrhée.	Ecoulement muqueux, fleurs blanches (λευκός, blanc, ρείν, couler).
Lymphe.	Liquide blanc nutritif, contenu dans les vaisseaux lymphatiques.
Menopause.	Cessation des règles (Μην, mois, παυσις, cessation).
Métrite.	Inflammation de la matrice (Μήτρα, matrice).
Myélite.	Inflammation de la moëlle épinière (Μυελός, moëlle).
Néoplasme.	Tissu accidentel de nouvelle formation (*neo* et πλασμα, formation).
Néphrétique.	Qui appartient aux reins en parlant des douleurs (νεφρός, rein).
Néphrite.	Inflammation du rein.
Nervosisme.	Etat de troubles du système nerveux.
Névralgie.	Douleur vive qui suit le trajet d'une branche nerveuse.
Névrose ou **Névropathie.**	Maladie causant un trouble fonctionnel du système nerveux mais sans lésion (Νεύρον, nerf).

Paralysie.	Privation, diminution du sentiment ou mouvement volontaire (παρα λυσις, dissolution).
Paraplégie.	Paralysie occupant la moitié inférieure du corps (παρα, à côté, πληγη, coup).
Parésie.	Paralysie légère avec privation de mouvement (παρα et ιημι, lâcher).
Péricarde.	Sac membraneux qui enveloppe le cœur (περι, autour, καρδία, cœur).
Périostose.	Tuméfaction du périoste, membrane fibreuse recouvrant les os (περι, οστέον).
Prostate.	Glande à la partie inférieure du col vésical (προ, en avant, σταω, se tenir).
Pylore.	Orifice droit inférieur de l'estomac (πύλη, porte, ωρα, garde).
Rhumatisme.	Douleurs qui siègent particulièrement dans les muscles et les articulations.
Sciatique.	Douleur fort vive sur le trajet du nerf à la partie postérieure de la cuisse et de la jambe (ισκίας, affection de la hanche).
Scrofules.	Humeurs froides, gonflement avec ou sans tuberculisation des ganglions lymphatiques, particulièrement du cou.
Sédatif.	Qui modère l'action augmentée d'un organe ou d'un système d'organes (sedare, apaiser).
Sédiment.	Dépôt produit par la précipitation des matières suspendues dans un liquide (sedere, s'asseoir).
Sélénite.	Sulfate de chaux.
Sphincter.	Muscle circulaire qui sert à fermer l'ouverture de la vessie (σφίγγειυ, serrer).
Splanchnique.	Qui appartient aux viscères contenus dans le crâne, la poitrine ou l'abdomen (σπλάγχνον, viscère).
Suppuré.	Qui entre en suppuration.
Tépidarium.	Chambre des thermes romains où l'on prenait les bains tièdes.
Thermal.	Se dit des eaux médicinales dont la température excède 25° centigrades.
Urée.	Substance particulière, un des principes immédiats de l'urine chez l'homme.
Vésical.	Qui a rapport à la vessie.

Table des Matières

TOULOUSE. — IMPRIMERIE SAINT-CYPRIEN, ALLÉE DE GARONNE, 27.

LAMALOU LES BAINS

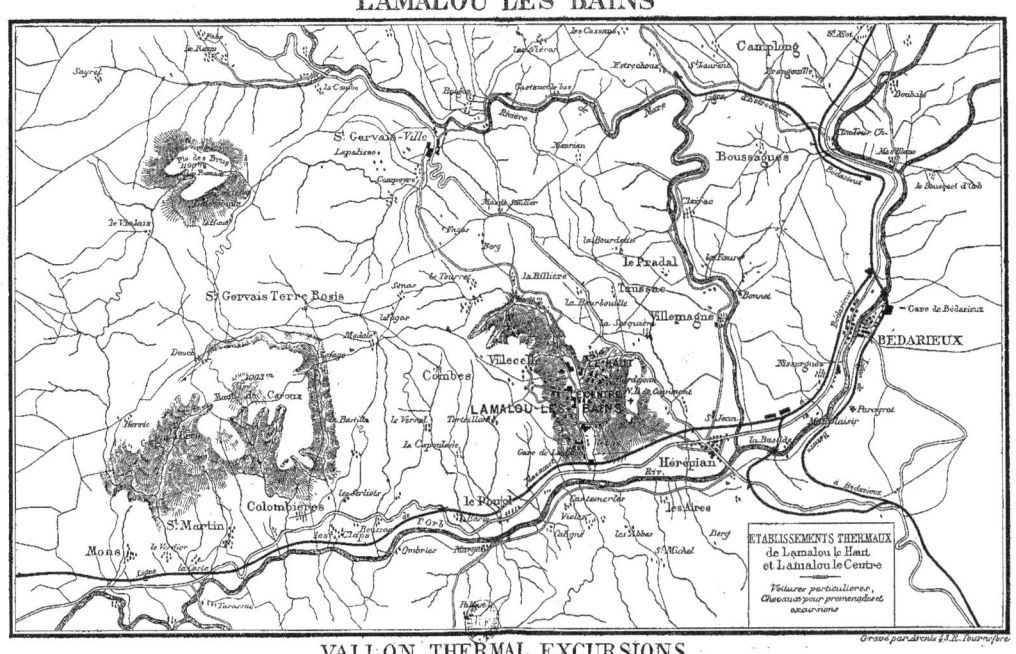

VALLON THERMAL, EXCURSIONS

www.ingramcontent.com/pod-product-compliance
Lightning Source LLC
Chambersburg PA
CBHW051822020726
47502CB00005B/1581